零 点 女 人

WOMAN
at
POINT ZERO

北京联合出版公司　[埃及] 纳瓦勒·萨达维 著 | 远子 译

图书在版编目（CIP）数据

零点女人 /（埃及）纳瓦勒·萨达维著；远子译
. -- 北京：北京联合出版公司，2024.3（2024.9重印）
（面纱下的女性）
ISBN 978-7-5596-7333-6

Ⅰ.①零… Ⅱ.①纳…②远… Ⅲ.①中篇小说—埃及—现代 Ⅳ.①I411.45

中国国家版本馆CIP数据核字(2023)第253700号

Woman at Point Zero by Nawal El Saadawi
Copyright © 1975, 2007, 2015 by Nawal El Saadawi
This edition arranged with Red Rock Literary Agency, on behalf of Zed Books through Big Apple Agency, Labuan, Malaysia.
Simplified Chinese edition copyright © 2024 Ginkgo (Beijing) Book Co., Ltd.
All rights reserved.
本书中文简体版权归属于银杏树下（北京）图书有限责任公司

北京市版权局著作权合同登记 图字：01-2023-5445

零点女人

著　者：[埃及]纳瓦勒·萨达维	译　者：远子
出 品 人：赵红仕	选题策划：后浪出版公司
出版统筹：吴兴元	编辑统筹：周　茜
责任编辑：龚　将	特约编辑：袁艺舒　张媛媛
营销推广：ONEBOOK	装帧制造：墨白空间
排　版：龚毅骏	

北京联合出版公司出版
（北京市西城区德外大街83号楼9层　100088）
北京盛通印刷股份有限公司印刷　新华书店经销
字数291千字　787毫米×1092毫米　1/32　20.875印张
2024年3月第1版　2024年9月第3次印刷
ISBN 978-7-5596-7333-6
定价：158.00元（全四册）

后浪出版咨询(北京)有限责任公司版权所有，侵权必究
投诉信箱：editor@hinabook.com　fawu@hinabook.com
未经书面许可，不得以任何方式转载、复制、翻印本书部分或全部内容
本书若有印、装质量问题，请与本公司联系调换，电话010-64072833

英译本序

全世界都知道菲尔道斯。此言不虚。从雅加达到吉达，再到耶路撒冷和约翰内斯堡，穆斯林和非穆斯林的女性都知道这位女性，这位《零点女人》的女主角。这部长篇小说（更确切地说是一部有创意的非虚构作品）带读者走进了女主角临刑前夜的牢房。

我们试着走进去，不声不响，挨着门悄悄坐下。狱室昏暗，空气里弥漫着哀伤、绝望和厄运。渐渐地，随着我们的眼睛适应了阴暗，屋子变亮了，我们得以观看一场围绕两位人物展开的戏剧，而她们的交流将永远刻在我们的脑中。

那位精神病学家和那位将死的女人终于要见面了。数周以来，她一直想要见见菲尔道斯，却总是遭到囚犯的拒绝。在她活在世上的最后一夜，菲尔道斯决定讲述她的故事。起先讲得很慢，随后愈来愈快，更显急迫，菲尔道斯详述了她那被背叛和凌辱的一生。她是一个孤儿,从一个暴虐的监护人转到另一个暴虐的监护人手上,这是一个关于信任如何受到考验直至破灭,最后只留下恐惧与孤立的故事。被剥夺了信任能力,生活在社会边缘,菲尔道斯只能勉强算作人。这样的人靠本能活着,除了眼下维生的迫切需求,她不做任何打算。

这个故事是真实还是虚构,抑或二者都有(事实如此),这并不重要。重要的是,尽管没有史诗英雄,它却向我们讲述了一场同索福克勒斯的戏剧一样伟大的、普遍存在的悲剧。"三一律"[1]的运用再次将观众带入痛苦的处境,这种痛苦完全为演员独有,又具有普遍性。读者不由自主地被带入菲尔道斯的生活灾难之中,以至于她的希望和失望也成了他们的。你不必非得是个迷茫的小女孩,才能体会菲尔道斯对她叔叔的严重依赖,以及当后者虐待她时,她的恐慌与震惊。你也不用非得是性工

---

[1] "三一律"是西方戏剧理论中的一种戏剧结构的规则,即要求一出戏所叙述的故事必须发生在一天之内,地点在一个场景,情节服从于一个主题。若无特别说明,本书注释均为译注。

作者，才能理解环境是如何将她带入淫窝，以及恶魔是怎样把她逼到谋杀皮条客的地步。

多年来对这本杰作的教学，证实了几十年前我第一次读它时的感受。这是一本可以超越性别、国籍和身份而抵达所有人的书。读读亚马逊这类网站上的评论，就能看到人们对这本书的震惊的反应。这样的说法很常见："这本书是课堂上发的教材，我无动于衷地拿起它，却怎么也放不下了。"我相信，这也会是你的反应。

米丽安·库克[1]
2007年

---

[1] 米丽安·库克（Miriam Cooke），美国学者，研究方向为当代阿拉伯文学与文化，现为杜克大学教授。——编者注

作者序

在我遇到一个被关押在盖纳提尔监狱的女人之后，我写下了这部小说。在这之前的几个月，我开始了一项关于埃及女性神经官能症的研究，我当时没有工作，所以能够把大部分时间都集中在这项研究上。1972年年底，卫生部部长辞退了时任健康教育处处长及《健康》杂志主编的我。这件事促使我走上了思想会令当局不快的女权主义作家、小说家之路。

不过，这一遭遇也给了我更多时间去思考、写作、研究，以及处理前来看望我的女性的咨询。1973年，我的人生进入了一个新的阶段；这一年，我的小说《菲尔道斯》，或者叫作《零点女人》也得以问世。

我研究的想法，事实上得自前来寻求我的建议和帮助的女性，她们或多或少都有"精神病痛"。我决定从患有精神疾病的女性中挑选少数几个案例，这使我经常去拜访一批医院和诊所。

"监狱"的概念对我一直有一种特别的吸引力。我常常在想监狱里的生活会是什么样,尤其是女囚的生活。这也许是因为我生活在这样一个国家:我身边许多杰出的知识分子都因"政治罪"而在监狱中度过了或长或短的岁月。我的丈夫就曾作为"政治犯"被关押了十三年。所以一天我碰巧遇上一位盖纳提尔监狱女囚部的医生后,就忍不住同他交流各种想法。后来我们每次碰到,都要停下来交谈。他告诉了我许多因不同罪行而被收监的女囚的事情,尤其是那些受不同程度的神经症折磨,每周都要去盖纳提尔监狱医院的精神科就诊的女囚。

我的兴趣越来越浓,去监狱拜访那些女子的念头也渐渐成形。我只在"政治电影"中见过监狱内部的情景,现在我有机会参观真正的监狱了。当狱医朋友向我详细描述一个杀过人、被判处绞刑的女人时,去监狱的念头变得越来越强烈了。我从未见过杀过人的女人。

狱医说他会带我去看她以及其他患有精神疾病的女囚。在他的帮助下,我获得特别许可,能够作为一个精神病学家拜访盖纳提尔监狱并给女囚做检查。他对我的计划很感兴趣，陪我走进监狱，带我在里面到处参观。

我一踏进监狱大门，看到这阴沉的建筑、铁窗及周遭严酷的环境，就被一种突如其来的阴暗击中。我的身体一阵颤抖。我怎么也不会知道，未来的一天，我会再次踏进这座大门，不是作为一名精神病学家，而是作为一个囚犯，依据萨达特颁布于1981年9月5日的法令，和另外1035个人一同被关押。当然，在1974年秋天的那个特殊的清晨，我从未设想过被关在这堵高高的、光秃的、淡黄色的大墙之后的可能性。我穿过内院，瞥见那些女人的脸像动物一样藏在铁栅栏后面，她们那白色或褐色的手指缠在黑色金属栏杆上。

菲尔道斯起初拒绝在她的牢房里接待我，后来才同意会面。她一点一点地向我讲述她的故事，她一生的故事。一个可怕又精彩的故事。随着她的生活在我面前展开，我对她的了解越来越多。我对这个女人渐渐有了感情，感到钦佩，在我熟知的女性世界里，她是如此与众不同。所以，这一天来了：我开始考虑写这部后来以《零点女人》或《菲尔道斯》之名为大家所知的小说。

不过当时，我的精力主要放在我的医生朋友领我去看的那些监狱和精神病诊室里的女性身上，她们成了我的研究中二十个深入探讨的案例的一部分，这份研究报告于1976年以《埃及的女性与神经官能症》为名得以出版。

然而，菲尔道斯以一个独特的女性形象留了下来。她从其他女性中脱颖而出，盘旋在我心头，有时也静静待着，直到有一天我用墨水把她写到纸上，在她死后给了她生命。1974年年底，菲尔道斯被处决了，我再没见过她。可是不知为何，她总是出现在我眼前。我能看见她就在我面前，看清她前额上的纹路，她的嘴唇，她的眼睛，注视着她带着骄傲走动的样子。1981年的秋天，轮到我被关到铁栏杆后面了，那时我总是注视着其他女囚在内院里走动，仿佛是在寻找菲尔道斯，尝试瞥见她那总是高高抬起的头，她那平静摆动的双手，或是她那棕色眼睛里的坚毅神情。我没法叫自己相信她真的已经死了。

在监狱度过的三个月，我结识了不少被指控杀害男人的女人，她们中的一些人令我想到菲尔道斯，但没有谁真正像她。她是独一无二的。使她区别于其他女性的，

7

不仅仅是她的容貌、仪表、勇气，或是她习惯从眼睛深处望着我的方式，还有她对生存的全然拒绝，对死亡的绝对无畏。

《菲尔道斯》讲述了一个因绝望被逼入最黑暗结局的女人的故事。这个女人，虽然悲惨而绝望，却在所有像我一样目睹了她生命最后时刻的人中，唤起了这样一种渴求：去挑战和战胜那些剥夺了人类生存、爱与真正自由之权利的暴力。

纳瓦勒·萨达维
1983年9月，开罗

1

这是一个真实女人的故事。几年前，我在盖纳提尔监狱遇见了她。当时我正在研究一组女囚的性格特征，她们因被判或被指控犯有各类罪行而遭到关押或拘留。

狱医告诉我，这个女人因谋杀了一个男人而被判处死刑。不过，她同监狱里其他的女杀人犯都不一样。

"在监狱内外，你都碰不到她这样的人。她拒绝所有访客，也不和任何人讲话。饭菜她总是碰都不碰，总是睁着眼睛直到天明。监狱看守有时留意到她会茫然地盯着虚空，一坐就是好几个小时。有一天她向看守要了纸和笔，然后弓着腰，一动不动地趴了几个小时。看守不清楚她在写信还是别的什么东西，也可能她什么也没写。"

我问狱医："她会见我吗？"

"我会试着说服她和你谈一会儿，"他说，"如果我跟她解释说你是精神病医生，而不是检察官的助手，她也许会同意。要知道，她拒绝回答我的提问，她甚至拒绝在给总统的请愿书上签字，那本可能让她的死刑改成无期徒刑的。"

"谁给她写的请愿书？"我问。

"我，"他说，"说句心里话，我真不觉得她是杀人犯。如果你细看下她的脸，她的眼睛，你绝不会相信这样温柔的一个女子会行凶。"

"谁说温柔的人不会成为杀人犯？"

他诧异地盯住我看了片刻，接着又不安地大笑。

"你杀过人吗？"

"我是一个温柔的女人吗？"我回说。

他侧过头，指着一扇很小的窗户说："那就是她的牢房。我去劝她下来同你见面。"

没过多久，他一个人回来了。菲尔道斯拒绝见我。

那天本来是要为其他几个女囚做检查的，我却直接钻进我的车，开走了。

回家后，我什么也做不了。新书的草稿必须得修订了，我却无法集中精神。我的脑子里只有这个名叫菲尔道斯的女人，她十天后就要上绞刑架了。

第二天一大早，我不知不觉又到了监狱门口。我请求看守让我见见菲尔道斯，她却说："没用的，医生。她绝不会同意见你。"

"为什么？"

"几天之内她就要被吊死了。你或者其他任何人见她，又有什么用？让她一个人待着吧！"

她的声音显得有些生气，又拿愤懑的眼神剜了我一眼，就好像几天后吊死菲尔道斯这件事，我也有份似的。

"我和当局没有关系，不管在这里还是别处。"我解释说。

"他们全都这样说。"她气愤地说。

"你为什么要这么激动呢？"我问，"莫非你认为菲尔道斯是无辜的，她根本就没杀人？"

她的回应越发愤怒了："不管有没有杀人，她都是一个无辜的女人。该被绞死的人不是她，而是他们。"

"他们？他们是谁？"

她猜疑地望着我，说："不如你先告诉我，你是谁？是他们派你来找她的吗？"

"你说的'他们'到底指谁啊?"我又问道。

她几乎带着恐惧,谨慎地环顾四周,又朝背离我的方向退了一步。

"他们……你是说你不知道他们?"

"是的。"我说。

她发出一声短促而讽刺的大笑后,转身走开。我听见她自言自语地说:

"她怎么可能是唯一一个不知道他们是谁的人?"

* * *

我又去了好几次监狱,不过会见菲尔道斯的尝试全都徒劳无功。不知道为什么,我感到我的研究现在处于失败的危险边缘。事实上,我的整个生命都受到了失败的威胁。我的自信心开始剧烈地动摇,我陷入了困境。在我看来,这个杀过人、就要被处死的女人,比我优秀得多。同她相比,我不过是一只与数百万同类一道爬行于大地之上的小小的昆虫。

我一想到看守或狱医谈起她——关于她对一切的

彻底漠然,她那全盘拒绝的态度,尤其是她对我的拒绝——时的眼神,那种无助、无意义的感受就在我的心头滋长。一连串问题越来越频繁地盘旋在我的脑中:她是一个什么样的女人?她对我的拒绝是否意味着她比我更出色?不过她也拒绝向总统发出呼吁,请求他终止绞刑,那么这是否意味着她比国家元首更优秀?

一种几乎可以确定却又难以言明的感受抓住了我:事实上,她比我们通常听说、看见或认识的所有男人和女人都更好。

我尝试克服失眠,另一个念头却开始占据我的心思,使我难以入睡:当她拒绝见我时,她是否知道我是谁,是否她不知道我是谁就拒绝了我?

第二天早上,我又一次来到监狱。我已经放弃了所有希望,没打算见菲尔道斯。我是来找看守或狱医的。医生还没来上班,不过我遇到了看守。

"菲尔道斯有没有告诉你她知道我?"我问她。

"没有,她什么也没跟我说,"看守回答说,"不过她确实知道你。"

"你怎么知道的?"

"我感觉得到。"

我像石头一般立在原地。看守离开我,继续工作去了。我试着迈步,上车离开,却发现自己无法动弹。一种奇怪的沉重感压在我的心头、我的身上,并吸干了我腿上的力气。那是一种比整个地球还要沉重的感受,仿佛此刻我并非站在地面,而是躺在地底某处。天空也发生了改变,它变黑了,像泥土,以其变重的负担压迫我。

这种感觉,我以前只体验过一次,那是许多年前,我爱上了一个不爱我的男人。我感到拒绝我的不只是他,不只是居住于这广大世界的千万人中的一个,而分明是这个地球上的每一个生命或生物,是广大的世界本身。

我尽力挺直肩膀,站直身子,做了一个深呼吸。我头上的重量减轻了些,便开始环顾四周,令我惊奇的是,我居然这么早就跑到监狱来了。看守正弯腰擦洗着过道里的瓷砖地板。我忽然对她产生了不常有的蔑视之情。她不过是一个擦洗监狱地板的女人,既不懂阅读也不会书写,对心理学也一无所知,我为何要轻易相信她的感觉?

菲尔道斯实际上并没说她认识我,看守只是说了她的感觉而已。这怎么就表明菲尔道斯真的认识我？如果她是在不知道我是谁的前提下拒绝了我，那我就没有理由受伤。因为她拒绝见我，并不是针对我个人，而是针对这个世界以及世上的每一个人。

我动身走向我的车，打算离开。那些控制我的主观情绪不是一个科研工作者该有的。打开车门时，我几乎要对自己微笑了。车身的触感帮我重建了自己的身份，以及我作为医生的自尊。不管在什么情况下，一名医生当然比一个因谋杀而被判处死刑的女人更值得去爱。我渐渐恢复了对自己的正常态度（它很少离我而去）。我转动点火开关的钥匙，踩在油门上，自己不过是一只与其他无数同类一起在大地上爬行的卑微的虫子——我要坚决踩灭这一突然产生的，在经历失败的时刻偶尔会困扰我的情绪。在引擎启动声中，我却听见一个声音在我背后响起。

"医生！医生！"

是看守在喊我。她喘着粗气跑向我，这种气喘吁吁的声音经常出现在我的梦里。她的嘴张得很大，嘴唇也变大了，像弹簧门一样机械地闭合。

我听见她说:"菲尔道斯,医生!菲尔道斯想见你!"

她的胸部急促起伏,直喘粗气,她的眼睛、她的脸都显出异常激动的情绪。我猜即使是埃及的总统本人要求见我,她也不会生出如此强烈的情感。

仿佛受到她的感染,我的呼吸也变得急促,或者说得更准确些,我感觉呼吸困难,因为我的心跳得比以往任何时候都更猛烈。我不知道自己是怎样钻出了汽车,也不明白自己为何要跟得那样紧以至于有几次我都走到了看守旁边甚至超过了她。我走得很快,却不费力,好像我的双腿不再承载身体。自豪,得意,愉快,各种美妙的情绪充溢我的身心。天空是蓝色的,是那种可以被我的眼睛捕获的蓝。整个世界尽在我的掌心。全是我的。这种感觉我只在许多年前体验过一次,当时我正走在去见初恋的路上,那是我们第一次约会。

我在菲尔道斯的牢房门口停留片刻,以便调整呼吸和衣领。我得试着恢复镇定,回到我的常态,回到科研人员、精神病医生或诸如此类的自我认知之中。我听见钥匙在锁眼中转动,野蛮而刺耳。这声音让我找回了自我。我的手紧紧握住手提皮包,一个声音在我体内响起:

"这个叫菲尔道斯的女人是谁?她不过是……"

但我很快就不再犯嘀咕。我们忽然就直面彼此了。我像被钉在了原地,一言不发,纹丝不动。我听不见我的心跳声,也没听见钥匙在锁孔里的转动声以及那扇重门的闭合声。她的眼睛望向我的那一刻,我好像死了一般。那是一双能杀人的眼睛,沉着镇定,不屈不挠,像一把匕首刺穿、插进你的身体。她的眼皮都没有抬一下,脸上也没有一丝一毫的抽动。

一个声音把我带回现实。那是她的声音,那么镇静,冷若尖刀,刺向深处。口气里没有一点犹疑和颤抖。我听见她说:

"关窗。"

我迷迷糊糊走到窗前关上窗户,茫然地环顾了一下四周,发现牢房里什么也没有。没有床、椅子或是任何我能坐上去的东西。这时我又听见她说:

"坐在地上。"

我弯下身坐到地上。这时是一月,地上什么也没铺,但我不觉得冷。我像是走进了别人的梦。地上冷,地面的触感,坚硬、裸露的寒意都在,可它的寒冷触碰不到我，无法传到我身上。一如梦中大海的冷意，而我在海里游动。我光着身子，不会游泳，但我既感觉不到冷，也没有沉入水中。她的声音也像来自梦中，明明离得很近却像远在天边，像是来自远方却又近在咫尺。因为在梦中，我们不知道那些声音发自何处，是上还是下，是左还是右。我们甚至会以为它们是从地里钻出来，从屋檐上落下来，或从天上掉下来的。又或者它们根本就是从四面八方涌过来，像流动的空气抵达我们的耳道。

可这不是梦，这些也不是流入我耳内的空气。这个坐在我对面的女人是真实存在的，这些充盈在我耳中的嗓音以其声响在门窗紧闭的牢里回荡，而这声音无疑就是她的，是菲尔道斯的。

2

让我说吧。不要打断我。我没时间听你讲话了。他们今晚六点就要把我押走。明天我就不在这里了,当然,也不在世人所知的任何地方。这段对世间所有人来说都是未知的旅程,反而让我心里充满骄傲。我一生都在寻求让我感到骄傲,让我感觉自己比包括国王、王子和统治者在内的其他任何人都更优越的事。每次拿起报纸,看到上面印着他们中的一个,我就朝他吐口水。我知道我只是吐在了报纸上,而这张报纸我还要拿来垫在厨房搁板上。可我还是要吐,并且让它留在那里自干。

要是有人见我往照片上吐口水,兴许以为我认识那个人,实际上并不。我只是一个女人。没有哪个女人会认识所有那些个能让自己登报的男人。毕竟我只是一个名妓,而一个妓女再出名,也不可能认识所有男人。不过,每一个我认识的男人都只会让我生起一股强烈的冲动：举起手，甩到他的脸上。可我是个女人，我从未有过这样的勇气；又因为我是个妓女，我只能把恐惧藏在浓妆艳抹之下。你知道我很出名，所以我用的化妆品总是最好最贵的，和那些上流社会的正派女子用的一模一样。我做头发总是找那些只为上流女子提供服务的发型师。我选的口红颜色总是"自然又庄重"，这样便既不会掩盖也不会突出我嘴唇的性感。我的眼线画得也巧，恰好暗示着半推半就，这也是权贵者的夫人最爱的招数。我身上只有妆容、头发和昂贵的鞋子属于"上流社会"；就我的中学文凭和被抑制的渴望来讲，我属于"中产阶级"；而我生在下等阶层。

* * *

我的父亲是一个可怜的农夫，既不会读，也不会写，生活中他就会这么几件事：怎么种庄稼，怎么把一头被他的仇家下毒的水牛趁着没死卖出去，怎么及时拿还是处女的女儿换彩礼，怎么赶在邻居偷走之前把刚成熟的庄稼收回家，怎么弯下身假装亲吻族长的手，怎么每天夜里打老婆打到她趴下为止。

每周五的早上,他都要穿上一套干净的长袍前往清真寺参加每周祷告。祷告结束后,我就会看到他和其他像他一样的人边走边聊,他们在议论星期五布道,说那个伊玛目[1]讲得如此令人信服,口才又流利,简直超越了不可超越的人。偷窃是罪,杀戮是罪,毁掉女子的节操是罪,不义是罪,殴打另一个人是罪……这些难道不是极其正确的?更重要的是,谁又能否认顺从是一种责任,爱国也是一种责任。爱统治者与爱真主是一体的,不可分割。真主经年累月地保护着我们的统治者,愿他继续成为我们国家、阿拉伯国家和全人类的灵感与力量之源吧。

我看见他们走在狭窄而蜿蜒的小路上,赞叹不已地点着头,他们认同神圣的伊玛目所说的一切。我看着他们继续点头,搓手,擦拭额头,其间还一直呼唤真主的名字,请求他的保佑,以低沉的喉音重复他的圣言,一刻不停地喃喃自语。

---

[1] 伊斯兰教仪式上领祷的人。

我的头上顶着一个重重的陶罐，里面装满了水。我的脖子有时会被它压得朝后仰，有时也歪向一侧。我得费尽全力才能保持头顶的平衡，不让陶罐掉下来。我按母亲教我的步伐不停地走，这样脖子就能立起来。那时我还小，乳房还没长圆。我对男人一无所知。不过我可以听到他们呼唤真主的名字，祈求他的赐福，或是用压低了的喉音重复他的圣言。我注意到他们点头，搓手，咳嗽，清嗓子时发出刺耳的声音，在腋下或大腿间不住地抓挠。我看见他们用警惕的、怀疑的、鬼祟的眼神打量四周的一切，那是一双随时准备猛扑的眼睛，充满了进攻性，却又带着奇怪的奴性。

有时我认不出他们中哪一个才是我的父亲。他和他们长得太像了，难以分辨。有天我向母亲询问父亲的事：没有父亲，她是怎么生下我的？她先是揍了我一顿，接着又领了一个女人过来，那人带着一把小刀，也许是刮胡刀片。她们从我的大腿间割下一小块肉[1]。

---

[1] 此处指割礼。在非洲、中东等地区，许多族群都将残割女性生殖器视为传统习俗，至今仍然广泛存在。

我哭了一整晚。第二天早上,母亲没有打发我下地干活。通常她都会让我顶一堆粪肥去地里。我更愿意去地里,而不是待在我们的小屋。在那儿,我可以和山羊玩,爬水车,去溪里和男孩子一起游泳。有个叫穆罕默迪耶的小男孩总在水下捏我,还会跟我去一个玉米秸秆搭成的小棚子。他叫我躺在草堆上,掀起我的长袍。我们玩"新郎和新娘"的游戏。我身体的某个具体在哪儿我也说不上来的部位,会产生强烈的快感。接着我闭上眼睛,拿手去摸那个确切的位置。我一碰到就明白,这就是我之前感受到的刺激。然后我们又开始玩游戏,直到太阳下山,我们能听到他的父亲在附近的田野上喊他回家。我试着拉住他,他却总是跑走,答应我明天再来。

可是我的母亲不再让我下地了。天还没亮,她就拿拳头杵我,把我弄醒,叫我带上陶罐出门去打水。一回来又要打扫畜栏,把粪饼摆成排,放到太阳底下晒干。遇到做烘焙的日子,我还要揉面团做面包。

揉面团时,我蹲在地上,把和面槽放在两腿之间。我不时把那有弹性的面团抛向半空,再让它落回槽里。

泥灶里的热气全都喷到我脸上，把我的发梢都烤焦了。我的长袍经常倒滑到大腿上，我一直没留意这个，直到有天我瞥见叔叔的手从他正在读的书后面慢慢伸过来摸我的小腿。紧接着，我感觉到那双手以谨慎的、鬼祟的、颤抖的动作游向我的大腿。只要房门的入口处一响起脚步声，他就迅速把手缩回去。而一旦周遭的一切复归寂静——偶尔打破这寂静的只有给泥灶添火时我手中的干树枝发出的噼啪声，以及他那从书后传来的有规律的呼吸声，这声音叫我无法分辨他是在睡梦中轻轻打鼾还是在醒着喘气——他的手就会继续以一种贪婪的、近乎粗暴的坚决抓捏我的大腿。

他对我做了穆罕默迪耶之前对我做过的事。事实上，他做得更出格，不过我再也感受不到那种从我身体某个未知却熟悉的部位释放出来的强烈快感。我闭上眼睛，试图找回我之前知道的那种愉悦，却只是徒劳。就好像我再也无法把那个确切的点，从它通常升起的地方召唤出来，又好像我身体的一部分、我存在的一部分，已经消失，再也不会回来。

＊＊＊

我的叔叔并不年轻。他比我大得多。他常常一个人去开罗，去爱资哈尔大学[1]上学，他在那儿念书时，我还是个小孩，不会读写。叔叔会往我的指间放一根粉笔，教我在石板上写：Alif，Ba，Gim，Dal……有时他还叫我跟着他反复念诵：Alif 她身上光溜溜，Ba 的下面有一点，Gim 的一点在中间，Dal 什么也没有。背诵伊本·马利克[2]的《千行诗》时，他会点头，就和他背诵《古兰经》一样，我跟着他念每一个字，学他的样子点头。

假期一结束，我的叔叔就爬上驴背，动身前往德尔塔火车站。我背着他的大箩筐紧跟在他的身后，筐里装满了鸡蛋、奶酪、蛋糕和面包，最上面放着书和衣服。

---

[1] 爱资哈尔大学（El Azhar University）位于开罗市区的伊斯兰教学府，也是世界上最早的大学之一。

[2] 伊本·马利克（Ibn Malik），13世纪阿拉伯语语法学家，他编写的《千行诗》（*Al-Alfiyya*）是20世纪以前阿拉伯社会通行的初级教育读物。前文即是用《千行诗》里的"口诀"来记住阿拉伯字母的写法。Alif，Ba，Gim，Dal 是阿拉伯语头四个字母的发音。

去火车站的一路上，叔叔一刻不停地对我讲他那位于城堡[1]附近的穆罕默德·阿里街尽头的房间，讲爱资哈尔大学、阿塔巴广场、有轨电车，还有那些住在开罗的人。有时他还会一面用优美的嗓音唱歌，一面随着驴子的颠簸而有节奏地摇摆。

> 大洋上我没有抛弃你
> 陆地上你却离开了我。
> 发光的金子也休想换走你
> 你却为不值钱的稻草出卖了我
> 哦，我的漫漫长夜
> 哦，我的眼睛，啊。

当叔叔登上火车，朝我告别，我就哭，求他带我一起去开罗。可是我的叔叔问："你去开罗做什么呀，菲尔道斯？"

---

[1] 指位于开罗城东郊的萨拉丁城堡，系12世纪的萨拉丁苏丹为抗击十字军东侵而建造，现为开罗著名景点。

我就回答说:"我要去爱资哈尔,像你一样读书。"

他大笑着解释说,只有男人才能上爱资哈尔大学。列车启动后,我握着他的手,哭。他却忽然使蛮力一把甩开我,让我脸着地摔在站台上。

于是我垂着头往回走,在乡间小路上,我盯着脚趾发呆,对自己感到困惑,一些问题在我脑中盘旋。我是谁?我的父亲是谁?扫牲口身下的粪便,把粪肥顶在头上,揉面团,烤面包:莫非我就要这样度过我的一生吗?

回到父亲的房子后,我像从未来过的陌生人一样盯着四面泥墙。我几乎是在惊讶中环顾四周,仿佛我不是在这里出生,而是忽然从天上掉下来或是从地下某处钻出来,发现自己置身于一个不属于自己的地方,发现我所在的家不是我的,这个父亲不是我的生父,这个母亲也不是我的生母。是不是听叔叔聊了开罗和住在那儿的人,我就变了?我真的是母亲的女儿吗,或者我的母亲另有其人?又或者母亲生下我这个女儿后,我又成了别人的女儿?或者我的母亲已经变成了另外一个女人,只是这个女人和她长得很像以至于我无法分清谁是谁?

27

我试着回忆第一次见到母亲时她的模样。我记得那双眼睛。我尤其记得她的双眼。我无法描述它们的颜色或形状。那是一双我望着，也望着我的眼睛。即使我从它们的视线中消失，它们也能看见我，跟我去所有我去过的地方，如果我在学步时摇摇晃晃，它们就会扶住我。

每次试着行走时，我都会跌倒。似乎有一股力从后面推我，叫我往前倒；又好像前面有重物倾向我，我不得不往后倒。就像是想要压垮我的气压，想把我吸进地底的地心引力。在这个过程中，我一直在挣扎，绷紧我的手脚，尝试站起来。可是我不断地摔跤，被反复将我扯向不同方向的反作用力打倒，我像无尽海洋上的被抛物，靠不了岸，也见不了底，下沉时被海水抽打，漂浮时为海风鞭挞。永远在海天之间浮浮沉沉，无所依靠，除了那双眼睛。那双我拼尽全力想要紧紧抓住的眼睛，它们好像仅凭自身就能扶住我。时至今日，我已经不知道它们是大还是小，也不记得眼睛上下是不是长有睫毛。我只记得两圈浓烈的黑，周围是两圈浓郁的白。我只要望向那双眼睛，那白就会更白，那黑变得更黑，涌进眼睛的光似乎来自某个神奇的源头，既非来自地面，也非来自天上,因为大地漆黑一片,天空也乌漆墨黑,不见日月。

我认出她是我的母亲,怎么认出来的我不知道。所以我爬向她,想要寻求她身体的温暖。我们的小屋很冷,而一到冬天,父亲就会占用我的床位,把我那位于灶房一角的草席和枕头移到朝北的小房间。我的母亲不会待在我身旁帮我暖身,她总是把我一个人丢在那儿,去给父亲暖被子。夏天的时候,我还会看到她坐在父亲脚下,手里拿着锡筒杯,用冷水给父亲洗脚。

等我稍微长大一点,父亲就把筒杯塞到我手上,教我怎样用水给他洗脚。我就这样取代母亲,做她之前常做的事了。而我的母亲已经不在那儿了,取而代之的是另一个女人,她总是打我的手,把筒杯抢走。父亲告诉我她是我的母亲。事实上,她看上去的确很像我的生母:一样的长袍,一样的脸,走动的样子也一样。可是只要我望着她的眼睛,我就能感觉到她不是我的母亲。那不是那双我每次快要跌倒时用目光扶住我的眼睛,也没有那环绕着两圈浓黑的两圈纯白,从前我只要望着那双眼睛,白就会越来越白,黑会愈来愈黑,像有日照或月光不断地在上面流淌。

这个女人的眼睛,却似乎从来没沾染过光亮,哪怕是光芒四射的日子里日头最烈的时刻。有一天,我拿双手捧住并转动她的头,以便阳光能直直落在她的脸上,可即便如此,她的眼睛仍是灰暗、不透光的,好似两盏已经熄灭的油灯。我整夜未眠,独自哭泣,并且尽力用被子蒙住抽噎声,以免吵到我的小弟弟和妹妹们——他们挨着我,睡在地板上。和许多人一样,我也有很多弟弟妹妹。他们就像春天孵出来的小鸡,在冬天里冻得发抖,羽毛也掉光了,接着来年夏天便染上了痢疾,迅速消瘦下去,一个接一个地爬到墙角,死掉。

* * *

一个女娃死了,我的父亲还是会吃他的晚饭,母亲还是给他洗脚,然后他去睡觉,和之前夜晚没有两样。要是死的是个男娃,他就先揍母亲一顿,再去吃饭,躺下睡觉。

不管发生什么,我的父亲绝不会不吃晚饭就上床。

有时家里没粮食了，我们都会饿着肚子上床，可他从不会错过一餐。母亲背着我们，把他的食物藏在最上面的某个灶孔里。他一个人坐着吃，我们干看着。一天晚上，我竟敢将手伸向他的盘子，而他狠狠抽打了我的手背。

我饿得没力气哭。我坐在他前面，看着他吃，他的手指插进碗里，提到半空，再夹着食物塞进嘴里；我的眼睛全程盯着。他的嘴好似骆驼嘴，开口大，口腔宽。他的上下腭错合，发出嘈杂的研磨声，他每一口都嚼得那么仔细，以至于能听见他的牙齿在相互撞击。他的舌头在嘴里不停地转啊转，好像它也在咀嚼，还不时快速伸出来舔掉沾在嘴唇上或掉到下巴上的一小粒食物。

吃完饭，母亲就给他端来一杯水。他喝完水便开始大声打嗝，用拉长的声音把嘴里或胃里的气给喷出来。接着他就抽起水烟，用厚厚的烟雾填满他周围的空间，一边咳，一边用鼻子送烟再拿嘴深吸。烟抽完了他就躺下，不一会儿，小屋里就回荡起他那响亮的鼾声。

我感觉他不是我的父亲。没有人告诉我事实，我也并没有发觉真相，这只是我心底深处的感觉。我守着这个秘密，没有向任何人透露。我的叔叔回来过暑假，每次到了他动身离开之际,我就紧紧扯住他的长袍,求他带我一起走。和父亲相比,我和叔叔更亲。他没有那么老,还允许我坐在他身边看他的书。他教我认字,父亲死后,他还送我去念小学。后来,我的母亲也死了,他就带我去了开罗。

* * *

我有时好奇人是不是能重新投胎。我走进叔叔的住所,把手放到开关上,灯光就溢满了整个房间。这刺眼的光吓得我闭上眼睛尖叫。等我再次睁开眼,我有了一种第一次透过它们向外张望的感觉,仿佛我刚刚降生于世,应该说是第二次出生——既然我知道我是几年前出生的这一事实。我瞥见镜中的自己,这也是我的第一次。起先我不知道那是镜子,当我看到一个小姑娘穿着一条没有及膝的裙子、一双藏住双脚的鞋子时,我吓坏了。我环顾整个房间,发现这里只有我一个人。我不明白这个姑娘是从哪里冒出来的,也没有意识到她只能是我自己。因为我总是穿着长长的拖在地上的袍子,而且不管我去哪儿，我总是光着脚。可我立刻认出了我的脸。不过，既然我从未照过镜子，我又怎么能如此确定那就是我的脸呢？但房间里只有我一个人，而这面衣橱上的镜子就在我跟前，这个直立在镜子里的人只能是我。裙子和鞋子是叔叔买给我上学穿的。

　　我站在镜前凝视我的脸。我是谁？菲尔道斯，他们是这样叫我的。那只大圆鼻子长得像父亲，而那张薄唇的嘴则长得像母亲。

　　一种沮丧贯穿我的身体。我不喜欢我鼻子的样子，也不中意我嘴巴的形状。我想我的父亲死了，可他仍然活在这儿，活在这只又大又丑又圆的鼻子里。我那死去的母亲也一样，她继续活在这薄唇的嘴型里。就是说，此处的我并未改变，还是那个菲尔道斯，只不过穿上了裙子和鞋子而已。

　　我对镜子充满了深深的仇恨。从那一刻起，我再也不往镜子里面看。哪怕我就站在它前面，我也不看我自己，而只是梳头，擦脸，整整衣领。接着我就背起我的小书包，朝学校跑去。

* * *

我爱学校。全是男孩和女孩。我们在院子里玩耍，喘着粗气从一头跑到另一头；要么就坐着嗑瓜子，一粒接一粒嗑个不停；要么嚼口香糖，嚼得巴巴响；要么就买糖浆棒或干角豆吃，或是喝甘草汁、罗望子果汁、甘蔗汁。换句话说，所有味道浓厚的美味我们都要尝个遍。

我一回来就打扫卫生，给叔叔洗衣服，铺床，整理书。他给我买了一个很重的熨斗，用来熨烫他的束腰长袍和头巾，用之前要放到煤油灶上加热。

天快黑时，叔叔从爱资哈尔回来。我给他做晚饭，我们坐在一起吃。吃完饭，我躺在我的沙发上，叔叔则坐在他的床上大声朗读。我总是跳上那张高高的床，跳到他身旁，用我的手指缠绕他那双手指修长而纤细的大手，抚摸他那伟大的巨著，书页光滑，上面密密麻麻写满了印刷精美的黑字。我试着认出单词，对我而言，它们像神秘的符号，令我感到某种恐惧。爱资哈尔是一个仅由男人组成的令人敬畏的世界，我的叔叔是其中的一员，他也是一个男人。朗读时，他的嗓音里回响着一种神圣的敬畏感，我能感觉他那修长的手指在我的手下奇怪地颤抖。这种感觉很熟悉，就像那次叫我发抖的童年经验，那个我依稀记得的遥远的梦。

在寒冷的冬夜，我像子宫里的婴儿一样蜷缩在叔叔的臂下。我们依偎着取暖。我的脸埋在他的怀里，我想要对他说我爱他，可是开不了口；我想哭，却没有泪。没过多久，我就会沉沉睡去，直到清晨。

有一天我生病发烧。叔叔就坐在我旁边抱着我的头，用他那修长的手指轻轻拍着我的脸，我就这样握着他的手指睡了一夜。

* * *

我拿到小学毕业证书的那天，他给我买了一块手表，夜里还带我去看电影。我看见一个女人在跳舞，她光着大腿。一个男人抱住她，接着又亲她的嘴。我把脸藏在手后面，不敢看我的叔叔。随后，他告诉我跳舞是有罪的，亲一个男人也有罪。现在我不能再看他的眼睛了。回家后，我没有像往常那样在床上挨着他坐着，而是把自己藏在小沙发上的软被子下面。

我浑身都在发抖,一种我无法解释的感觉攫住我,没过一会儿,叔叔那修长的手指开始靠近我,小心翼翼地掀开盖住我的软被子。接着他的嘴唇碰上我的脸,压到我的嘴上,他那颤抖的手指在我的大腿上缓缓向上摸索。

我身上发生了一件奇怪的事情,说奇怪是因为它从未在我身上发生过,或者说因为从我记事起,它一直都在发生。某处,我体内某个遥远的部位,正在唤起一种很久以前就已丢失的陈旧的快感,抑或一种新鲜的快感,它仍是未知的,难以描述的,它像是从我体外生起的,又像来自我自身某个多年前就被切断的部分。

* * *

我的叔叔开始频繁外出。早上我醒来,他已经走了;夜里他回来,我已经在床上睡熟了。如果我给他端来一杯水或一盆食物,他会伸出手,取走,看都不看我一眼。当我把头埋在软被子里时,我会侧着耳朵听他的脚步声。

我屏住呼吸,假装已经睡着,等着他的手指伸过来。似乎过了好几个世纪,却什么事也没发生。我听见他躺下时床在嘎吱作响,随后便响起他那有规律的鼾声。只有在这时,我才确信他已经入睡。

他变成了另外一个人。睡前不再读书,也不穿他的宽袖外衣和束腰长袍,代替它们的是西装和领带。他在瓦克夫[1]部门找了份工作,还娶了他大学老师的女儿为妻。

他送我去念中学,带我去他的新房子,我同夫妻俩住在一起。那是一个矮胖的女人,皮肤白皙。她走路时,那副懒洋洋的身躯就从一边摆到另一边,像一只喂饱了的鸭子蹒跚而行。她的声音很轻,但不是带着温柔,而是一种发自残酷的轻。她的眼睛又大又黑,却了无生趣,看上去只有一潭黑暗、困倦的冷漠。

她从不给叔叔洗脚,叔叔也从不打她,也不会冲她大声讲话。他对她极其礼貌,这种特别的谦恭中却缺少

---

[1] 瓦克夫(Wakf),一作瓦合甫(Waqf),是伊斯兰法律当中不可剥夺的宗教捐献财物,捐献的财产通常由慈善信托管理。

男人对女人的真正尊重。我感觉在他对她的感情中，更多的是恐惧而不是爱，因为她来自一个比他更高的社会阶层。每当她的父亲或是她的某个亲戚来看望叔叔，叔叔就会买来鸡肉等荤菜，房子里回荡他的笑声。但是，当他的姑妈来了——她穿一身松散的农家衣裳，一双龟裂的手从长袖的开口里伸出来——他就退到房子的角落里，一句话也不说，甚至笑都不笑。

他的姑妈坐在靠近我的床沿上默默流泪。为了供叔叔在爱资哈尔上学，她卖掉了自己的金项链，现在她追悔莫及。第二天早上她把鸡肉、鸡蛋和面包全都从篮子里拿出来，再把空篮子钩到手臂上往外走。我对她说："再多住一天吧，奶奶。"可叔叔一言不发，他的妻子也不吭声。

我每天都去上学，一回来就打扫房间、拖地、洗碗、洗衣。我叔叔的妻子只做饭，锅碗瓢盆都留给我洗涮。后来，叔叔带了一个小女仆回家，她睡在我的房间。床留给我，她睡地板。一个寒冷的夜里，我叫她上床和我一起睡，叔叔的妻子进房发现后，就打了她一顿，打完也揍了我一通。

* * *

一天放学后,我看到叔叔怒气冲冲地盯着我。他的妻子似乎同他一样愤怒,而且她还在不停地发火,直到叔叔决定卷起我的衣服和书,带我离开这个家,他把我送到了学校的女生寄宿部。从那天起,我就睡在宿舍了。每个周末,同学们的父亲、母亲或其他亲戚都会来看望她们,或是带她们回家去过周四和周五。我的眼睛越过学校的高墙,看着她们离开,我像一个被罚透过监狱高墙观望人生的囚犯,视线跟随着人群和街上的动静。

尽管如此,我还是爱上了学校。这里有新书、新课,还有那些曾和我一起上小学的同龄的女孩。我们彼此谈论各自的生活,交换秘密,向对方袒露内心最深处的想法。除了舍监,没有人惹我们心烦,她蹑手蹑脚地在宿舍附近转悠,不分昼夜地监视我们,偷听我们说话。甚至我们睡觉时,她也会警惕地注视着我们的每一个动作,做梦时也在追踪我们。要是谁在她的梦里叹息,发出声音,做出最轻微的动作,她会像猛禽一样扑过去。

我有个朋友叫维菲娅,她的床位挨着我。熄灯后,我总是把我的床拖到她的床旁,我们一聊就聊到深夜。她谈到一个她爱着、也爱着她的表兄;我则说着我对未来的希望。我的过去和童年没什么可说的,我现在的生活也没有爱或诸如此类的情感。所以,如果我还有什么想说的话,只能是关于未来。因为我仍然可以用我想要的颜色去描绘未来,我仍然能够自由地决定我的未来,并在我认为恰当的时刻做出改变。

有时我想象自己会成为一名医生、工程师、律师或法官。接着,有一天,全校师生都上街去参加反对政府的大游行。忽然,我发现自己高高地骑上了女生们的肩头,高喊着"打倒政府!"。

回到学校后,我的嗓子哑了,头发蓬乱,衣服被扯成了好几块,不过一整个晚上我都在想象自己成为伟大的领袖或国家首脑的情景。

我知道女人当不了国家首脑,可我感觉自己不像其他女人,也不像身边那些成天谈论爱、谈论男人的女孩。我从不谈论这些话题。说不上为什么,这些占据了她们心灵的事物,我却不感兴趣,对她们来说很重要的事在我看来微不足道。

一天晚上,维菲娅问我:"你谈过恋爱吗,菲尔道斯?"

"没有,维菲娅。我从未谈过恋爱。"我回答说。

她惊讶地盯着我说:"多奇怪呀!"

"这有什么好奇怪的?"我问。

"你脸上的表情明明有恋爱的迹象。"

"人脸上的什么东西可以暗示出恋爱?"

她摇摇头说:"我不知道。不过我感觉你明明是那种没有爱就不能活的人。"

"可我现在就没有爱,却活着。"

"那你要么活在谎言里,要么根本就不是真的活着。"

说完这最后几个字,她很快就睡熟了。我却仍然睁大眼睛,凝视黑暗。一个已被我淡忘的遥远的画面,缓缓地,从黑夜中浮现出来。我看见穆罕默迪耶躺在没有屋顶的棚子里的稻草铺上。稻草的气味爬进我的鼻子,他的手指摸遍我的身体。一种遥远而熟悉的快感从某个未知的源头、某个独立于我的存在之外的难以定义的部位生起,令我全身颤抖。不过我又能感觉到我体内的某处在轻柔地跳动，它以温柔的愉快开始，以温柔的疼痛结束。那是我想要紧紧抓住、想要触摸的东西，哪怕片刻也好，可它却像飘离的空气、幻觉或梦境那样从我身上溜走，消失不见。我在梦中哭泣，仿佛它是我正在失去的东西，仿佛它是我第一次体验到的丧失，而非我许久以前就已丢失之物。

学校的夜晚是漫长的，白天则更漫长。我总是在最后的夜铃敲响前，就把功课做完。我发现这所学校居然还有一间图书室。那是后院一个被人忽视的房间，里面的书架倒成好几截，书上覆盖着厚厚的灰尘。那时我总是拿一块黄布擦掉书上的灰尘，坐在一把破椅子上，就着一盏微弱的灯读书。

我爱上了读书，因为每本书都能让人学到新东西。我开始了解波斯人、土耳其人和阿拉伯人。我读到国王和统治者犯下的罪恶，读到战争、群众、革命和革命者的生活。我读爱情小说和爱情诗歌。不过我偏爱那些讲述统治者的书。我读到一个统治者，他的女仆和妃子和他的士兵一样多；又读到一个统治者，他生活的乐趣就是葡萄酒、女人，以及鞭打奴隶；第三个统治者对女人不怎么上心，而更享受战争、杀戮和虐待其他人；还有一个爱的是食物、金钱和没完没了地囤积财宝；又有一个统治者是如此痴迷于钦佩自己和自身的伟大，以至于对他而言整个国家就没有别的人存在；还有一个统治者沉迷于阴谋诡计，因而花费所有时间去篡改历史事实，试图愚弄他的国民。

我发现所有这些统治者都是男人。他们的共同之处是都有贪婪、扭曲的性情，永无止境地渴求金钱、性和无边的权力。他们往大地上播撒堕落，掠夺自己的人民，他们有大嗓门，能说服人，有选择甜言蜜语和朝别人射毒箭的权力。因此，关于这些男人的真相总是要等到他们死后才会被揭晓，由此我也发现，历史总是倾向于带着愚蠢的顽疾自我重复。

报纸和杂志被定期送至图书室。我养成了这样的习惯：读读上面刊登了些什么，看看上面的图片。于是，我经常无意间看见某个统治者的照片，他与信徒们坐在一起参加星期五早晨的礼拜。他就那样坐着，眼睛一闭一合，带着极其谦卑的神情透过眼睑向外望去，仿佛内心深处备受折磨。我却可以看出，他正在欺骗真主，就跟他欺骗自己的臣民一个样。他的随从聚集在他的身边，不停点头以示赞同，对他正在讲的一切表示钦佩，以低沉的喉音祈求真主的赐福，祈求永恒之殿下的保佑，他们搓搓双手，用一双警惕的、怀疑的、鬼祟的眼睛注视周围的一切，眼神里做好了猛扑的准备，又充满带着奴性的攻击性。

我看见他们为那些在战争中牺牲的烈士，为那些死于饥荒和瘟疫的亡灵热切地祈祷。我看着他们的头往下磕，臀往上翘，那是因肥肉和恐惧而膨胀起来的滚圆的臀。当他们说出"爱国精神"这个词，我立即明白在内心深处，他们并不敬畏真主，而在他们的潜意识里，爱国精神意味着穷人应该为保卫富人的土地，即为他们的土地而死，因为就我所知，穷人没有土地。

当我厌倦了似乎没有什么变化的历史，厌倦了相同的古老的故事以及看起来全都一样的图片，我就一个人坐到操场上。夜晚总是很黑，没有月光从头上洒下，最后一记钟声很久之前就已敲响，在我身后留下深深的寂静。我身边所有的窗都已关闭，所有的灯已熄灭，但我还是继续独坐在黑暗中，思索许多事情。未来几年我会变成什么样？我会去上大学吗？我的叔叔会同意送我去大学学习吗？

一天夜里，一位老师发现我坐在那里。有那么一刻，她被眼前这一大块一动不动，却又像是坐在黑暗中的人形给吓到了。还没走近我，她就喊道："谁坐在那儿？"

我用虚弱、受惊的声音回答道："是我，菲尔道斯。"

离我更近认出我后，她似乎很惊讶，因为我是她班上成绩最好的女生之一，也是最听话的一个，以前我总是夜铃一响就上床。

我告诉她，我有一点焦虑，没办法入睡，于是她靠着我坐了下来。她名叫伊克巴尔，个头不高，长有一头黑色的长发，一双黑色的眼睛。尽管夜色很深，我还是可以看见她的双眼在望我，观察我。每次我转过头，它们就跟着我，扶住我，不让我走。即使我以双手掩面，它们似乎也能透过我的双手进入我的眼睛。

毫无征兆地，我哭了出来。眼泪在我双手后面滑落。她握住我的双手，将它们从我的脸上挪开。我听见她说：

"菲尔道斯，菲尔道斯，不要哭了。"

"让我哭吧。"我说。

"我从未见你哭过。你这是怎么啦？"

"没事，什么事也没有。"

"不可能。一定有事。"

"真的，我没事，伊克巴尔老师。"

她的声音里带着诧异："你在无缘无故地哭吗？"

"我不知道原因。我身上没发生什么新鲜事。"

她留在我身边，静静地坐着。我看到她的黑眼睛在夜色中游移不定，涌动在眼眶里的泪闪着光。她抿紧嘴唇，用力吞咽，泪光忽然就消失了。就这样，她的泪光一再泛起，又一再迅速消失，像火焰在黑夜里熄灭。可是这一刻还是来了：她咬紧嘴唇，使劲吞咽，却是徒劳，两滴泪涌了出来。我看见它们落在她的鼻子上，又顺着两侧缓缓流淌。她拿一只手挡住脸，另一只手掏出手绢擦了擦鼻子。

"伊克巴尔老师，你在哭吗？"我问。

"没有。"她说完藏起手绢，使劲地吞咽，又朝我微笑。

环绕在我们周围的黑夜深沉、寂静、岿然不动，四下都没有一点声音或动静。万物沉浸在全然的黑暗之中，没有一丝光线能穿透，因为天上没有月亮，也没有太阳。我把脸转向她，望着她的眼睛：那是两圈纯白，环绕着两圈浓黑，朝外望着我。我继续凝视它们，那白仿佛变得更白，黑也变得更黑，好像有光从中溢出，那光源自某个未知的神秘之处，既不在地上，也不在天上，因为大地已被夜的斗篷盖住，而天上没有可以照亮它们的日月。

我把她的眼记在心里，把她的手握在手里。我们的手指触碰在一起，感觉奇怪，出乎意料。这种感觉令我的身体以深邃而久远的快感而颤抖，它比我记忆中的年龄更久远，比我一直以来拥有的意识更深邃。我在某处感觉它，它像是我存在的一部分，当我出生时这部分也随之降生，却没有跟着我一起成长；又像是我从前知道，却在出生后被遗忘的那一部分存在。那是一种关于本该存在却从未活过之物的模糊的意识。

那一刻，一段记忆涌入我的脑海。我张开嘴唇想要说话，却无法发出声音，仿佛还未等我记住，我就已经遗忘。我的心在发抖，一阵惊恐而狂乱的心跳几乎令我窒息，它在为我即将永远失去或者说刚已永久失去的珍贵之物而跳动。我紧紧抓住她的手，抓得这样用力，世上的任何力量，不管多么强大，都无法将她的手从我这里夺走。

* * *

那夜之后，不管我什么时候碰见她，我总是张开嘴唇想要说点什么，可是刚想起来要说的话，我就给忘得一干二净。我的心因恐惧而跳动，或者说那是一种与恐惧相似的情绪。我想要把手伸向她，握住她的手，可是她走进教室，上完课又离开，似乎未曾留意我的存在。当她凑巧望着我时，她的神情同望向其他学生也没什么不同。

睡前躺在床上，我问自己："伊克巴尔老师是不是已经忘了？"过了一会儿，维菲娅就把她的床拖到我的床边，问我：

"忘了什么？"

"我不知道，维菲娅。"

"你活在想象的世界里，菲尔道斯。"

"不是这样的,维菲娅。这事发生过,你知道的。"

"发生过什么事?"她问。

我尝试向她解释发生了什么,可我不知道该怎么描述它,或者说得更确切些,我发现我没什么可说的。就好像发生的是我无力去回忆的事,又好像根本就什么事也没发生过。

我闭上眼睛,试着回到那个场景。缓缓地,画面中出现了被两圈纯白环绕着的两圈浓黑。我注视的时间越久,它们就变得越大,并在我眼前扩张。黑圈不停胀大直到变得像大地一样宽广,白圈则扩展成一个太阳那么大的刺眼的白团。我的眼睛迷失在这黑与白之中,它们的浓烈使我目盲,直至我再也无法感知其中的任何一个。眼前的景象令人困惑,我再也无法分辨我的父亲和母亲的脸,我的叔叔和穆罕默迪耶的脸,伊克巴尔和维菲娅的脸。我在恐慌中睁大双眼,仿佛受到了目盲的惊吓。我可以在黑暗中看见在我跟前的维菲娅的脸廓。她还醒着,我听见她说:

"菲尔道斯,你是不是爱上伊克巴尔老师了?"

"我吗?"我不无诧异地说。

"是啊，你。不然还有谁？"

"不可能，维菲娅。"

"那你为什么每天晚上都谈起她？"

"我？谈起她？才不是呢。维菲娅，你总是夸大其词。"

"伊克巴尔老师是一位优秀的老师。"她评说道。

"是的，"我表示同意，"可她是一个女人。我怎么能爱上一个女人？"

离毕业会考只有几天时间了。维菲娅不再向我谈论她的心上人，夜铃也不像之前那样早早响起。每天晚上，我、维菲娅和其他女生都在自习室里学习到很晚。寄宿生宿舍的舍监有时会走进来督查我们学习，就像她之前四处走动、督查我们睡觉甚至做梦一样。要是谁哪怕只是抬起头歇口气，放松一下脖子，她也会不知从哪儿突然冒出来，被盯上的女生就立刻重新把头埋进书本里。

尽管有舍监没完没了的警诫及其他烦心事，但我还是喜欢上课，我享受学习。期末考试的结果宣布出来了，我得了全校第二，全省第七。颁发毕业证书的那天晚上，学校专门举办了一场典礼。在挤满了好几百位学生家长、亲戚的会堂里，校长喊出了我的名字，却无人上前去领证书。校长又喊了一遍我的名字。我试着站起来，腿却使不上劲。我坐着喊了句："在。"

我看见所有的脑袋都转向我，所有的眼睛都盯着我的声音传来的方向，在我的注视下，无数双眼睛化作数不清的白环套着数不清的黑圈，以一致的圆周运动，将它们的眼神固定在我的眼中。

校长以命令的口气喊道："不要坐着作答。站起来！"

当那些黑圈和白环一齐朝上再次盯住我的眼睛时，我意识到自己已经站了起来。

校长又一次大声喊道，回荡在我耳中的是我此生听过的最高声的叫喊："你的监护人在哪儿？"

整个会堂忽然陷入深深的寂静，一种似乎与自身共鸣的寂静。空气以奇特的声音振动着，许多人胸腔里的呼吸声以富有节奏的音调，在拥挤的会堂后面传到我的耳中。那些头扭回原处，我就那样站着沉思，眼前是一排又一排笔直坐着的身影。

一双眼睛——只剩那双眼睛紧紧盯住我。不管我把视线移到多远，也不管我怎样摆头，它们都紧紧跟着我，盯着我。现在一切都笼罩在不断扩大的黑暗之中，除了那双被两圈令人目眩的白环绕的乌黑的眼睛，我再也看不到一丝光亮。我凝视得越久，那黑与白就变得越浓烈，仿佛被某种神秘来源的光所浸透，因为会堂内部一片漆黑，外面的夜色深如煤油。

我仿佛在黑暗中够到了她的手，又或者是她握住了我的手。突然的接触令我的身体因疼痛而发抖，这疼痛深得几乎像是愉悦，又或者说那是一种深得近似疼痛的愉悦。一种遥远的愉悦，埋在如此遥远的深处，以至于似乎很久以前就已生起，久过我记忆的长度，久过我生命旅程中有记忆的岁月。那是一想起来就会忘记的东西，好像它从前仅仅发生过一次，只是一直以来都被丢弃在一旁，又好像它根本就从未发生过。

我张开嘴唇，打算告诉她这一切，她却说：

"什么也别说，菲尔道斯。"

她牵着我的手，穿过一排排人群，直到登上校长所在的讲台。她领下我的证书，签下她的名字，确认她已拿到了我的荣誉证书。校长宣读了我每科的分数，接着我听见会堂里响起一阵好似鼓掌声的喧哗。校长将她手中的一个包着彩纸、系着绿绸带的盒子递了过来。我试着伸出手臂，却无法动弹。我再次瞥见伊克巴尔小姐向校长靠近。她从校长手中接过盒子，接着又带我穿过一排排人群，回到我之前的座位。我坐下，把证书搁到膝上，再把盒子放到证书上。

* * *

最后一个学年结束了。那些父亲和其他监护人来到学校，接女孩们回家。校长给我的叔叔发了封电报，几天后他到学校接我回去。毕业典礼那夜之后，我再没见过伊克巴尔小姐。在那个相似的夜里，当"熄灯"铃声响起后，我无法入睡，便偷偷溜到操场上，一个人坐在黑暗中。我一听见不远处有响动，或是感觉有动静，就环顾四周。我一度看见一个人形大小的东西在入口处移动，便跳将起来。我的心跳狂乱，血直冲脑门。我看见的那个人影似乎在走向我。我直起身子，缓缓走过去迎她。向前走动时，我意识到我已经大汗淋漓，甚至发根和掌心都在流汗。黑暗中只有我一个人，因恐惧而微微颤抖。"伊克巴尔小姐。"我叫道，可我发出的只是一句甚至都传不到自己耳中的低语。我什么也听不见，恐惧在加剧。不过，那个人体大小的形状还在，在黑暗中依稀可见。我大声喊了出来，这一回它终于清晰地传入我的耳中。

"谁在那儿？"

我的声音就像一个人在睡梦中大声说出的梦话，从一个好似梦境的地方惊醒了我。黑暗似乎微微抬起，露出一道大约一人高的未涂水泥的矮墙。这道墙我之前见过，但刹那之间，我又感觉它仿佛是瞬间建成的。

最后一次离校前，我不断地四处张望，不停地扫视那些墙壁、窗户、大门，以期有什么东西突然打开，露出她的那双正在朝外望着我的眼睛，或是那只像往常一样挥舞告别的手。我狂热地搜寻，一刻不停。每一刻我都在失望，又在下一刻重新燃起希望。我的眼睛无休止地上下、来回求索。我的胸腔生起一股强烈的情感。在就要跨出校门时，我气喘吁吁地对叔叔说：

"求求你再多等我一分钟。"

等我跟着他走到外面的街上,我们身后的大门已经关上了。可我还是转过头,盯着背后看了好久,好像大门会重新打开,好像我确信一定有人站在门后,随时准备将门推开。

* * *

我迈着沉重的步子,走在叔叔后面,大门紧闭的画面深深刻进我的脑海。当我吃饭、喝水或是躺下睡觉的时候,它就浮现在我眼前。我知道我现在已经回叔叔家了。同他住在一起的是他的妻子,在房子里到处跑的是他的孩子。除了沙发,这个家就没有我的容身之地,那是摆在饭厅的一小张木质长榻,紧挨着隔开卧室的薄墙壁。我每天晚上都能听见他们压低了嗓子在另一头讲话。

"这年头你要是只有中学文凭可不好找工作。"

"那她还能干点啥?"

"什么也干不了。那些中学什么也不教。我应该把她送去职业技术学院的。"

"说这些该不该的有啥用。你现在打算怎么办?"

"就让她和我们待在一起,直到我给她找到一份工作。"

"那可能得好几年呢。房子这么小,花销那么大。不管和咱的哪个孩子比,她的饭量都要大上一倍。"

"她也帮你做家务、看孩子了。"

"我们有女仆,再加上我自己做饭。我们用不着她。"

"可是有她帮你做饭,你会轻松不少啊。"

"我不喜欢她做的饭。老爷,你知道的,烹饪是'你吹入其中的精气'。而我不喜欢她'吹'进去的东西,你也不喜欢啊。你难道忘了她给我们做的秋葵?你跟我说那不是你吃惯了的味道,我亲手做出来的味道。"

"你要是用她来代替萨阿迪亚,那女仆的薪水我们就省下来了。"

"她取代不了萨阿迪亚。萨阿迪亚做事轻快,也很上心。而且她还没那么爱吃、爱睡懒觉。可是这个丫头每时每刻都慢腾腾、阴沉沉的。她冷酷无情,对什么都漠不关心。"

"那你说我们该拿她怎么办?"

"把她送去上大学,我们就解脱了。她可以住在大学的女生宿舍里。"

"上大学？上那挨着男人坐的地方？一个像我这样受人尊敬的族长和信教的人，把自己的侄女送进男人堆？！再说，我们哪有钱给她付寄宿、书本和校服的费用？你知道这些日子生活成本有多高。物价似乎已经失控了，我们公务员的薪水却只涨了几米利姆[1]。"

"老爷，我有个好主意。"

"什么主意？"

"我的舅舅马哈茂德族长是一位义人。他的退休金很高，没有子女，去年他的妻子离世后，他就一个人过。要是他娶了菲尔道斯，菲尔道斯就能跟着他过上好日子；他也能给自己找一个服侍他、帮他排遣寂寞的贤妻。菲尔道斯已经长大了，老爷，她必须成婚了。没有丈夫，她一个人待下去是很危险的。她是个好姑娘，可这世界到处都是浑球。"

"你说得没错，可是对她来讲，马哈茂德族长的年纪

---

[1] 米利姆（millieme），埃及货币里最小的辅币单位，1埃及镑=100皮阿斯特=1000米利姆。下文中提到的"镑"均为埃及镑。

太大了。"

"谁说他年纪大！他今年才拿上退休金，何况菲尔道斯也没那么年轻啊。像她这么大的姑娘早就结婚好几年，孩子也早就有了。一位年长而可靠的男人，当然要好过一个羞辱甚至殴打妻子的年轻男人。你知道这年头的年轻男人都是啥样。"

"你说得对，可你不要忘了你舅舅脸上有十分显眼的畸形。"

"畸形？谁说那是畸形？再说了，老爷，古话说得好，'男儿从不丢脸，除非口袋没钱'。"

"万一菲尔道斯拒绝他呢？"

"她为什么要拒绝呢？这是她成婚的最佳机会。你也别忘了她长着一个什么样的鼻子，那么大，丑得像个锡杯。何况她一点财产也没继承下来，自己也没收入。我们再也不会给她找到一个比马哈茂德族长更好的丈夫了。"

"你觉得马哈茂德族长会满意吗？"

"要是我跟他讲，我肯定他会同意的。我打算跟他要一大笔彩礼。"

"要多少?"

"一百镑,甚至可能两百镑,要是他出得起的话。"

"要是他给一百镑,真主就已经对我们很慷慨了,我不会那么贪心,再要更多。"

"我先要两百镑。要知道,他是一个会为五米利姆吵架、为一皮阿斯特自杀的人。"

"要是他愿意出一百镑,那可真是真主保佑。这样一来,我也能还清债务了,还能买些衬衣,也能给菲尔道斯买上一两套衣服。我们可不能让她穿成现在这样就出嫁。"

"这个嘛,新娘的礼服、家具和餐具,你就不用操心了。马哈茂德族长家里什么都有,他的前妻留下的都是上好的家具,很结实,比你现在能买到的那些垃圾好多啦。"

"的确。你说得太对了。"

"凭安拉起誓,老爷,真主一定很爱你的侄女,要是马哈茂德族长答应娶她的话,那她可真是太幸运了。"

"你觉得他会答应吗?"

"他有什么理由拒绝呢?有了这桩婚姻,他将变成受人尊敬的族长和信徒。这个理由难道还不够充分到令他欢迎这个提议吗？"

"也许他在考虑娶一个有钱人家的女子。你也知道他有多贪财。"

"老爷难道觉得自己是一个穷人，咱们的家境比许多人家都要好。感谢真主安排的一切。"

"的确如此，对于真主赠予我们的一切，我们心怀感激。愿他永远受到称颂和崇敬。的确，我们的心中确实充满了对全能真主的感激。"

当他重复最后那句话时，我躺在沙发上，听见他快速亲了两次自己的手。

在我的想象中，我几乎看见他亲吻着自己的手心，接着又翻过来往手背上印了一吻。透过薄薄的墙壁，这两下亲吮声依次传入我的耳中，片刻后又响了起来，大概他把嘴唇凑到了妻子的手上、臂上或腿上，我听见她在抗议："别这样，老爷，不要。"她边说边将手臂或腿从他的怀抱中挣脱出去。

接着便响起他的声音，以低沉而轻柔得几乎像是更多亲吻之前的短跑式的声调，他抱怨道："不要什么，你这个女人?"

他们身下的床开始嘎吱作响,现在我能听见他们异常的呼吸声、喘气声以及她再次抗议的声音:"不要,老爷,看在先知的分上。别这样,这是有罪的。"

他用急促的声调发出嘘声反驳道:"你这个女人,你……什么罪,什么先知?我是你的丈夫,你是我的妻子。"

在这两副沉重的肉身下,床的动静更大了,它们以彼此接近又分离的交替而持续的运动,陷入一场争斗,一开始慢而重,随后渐渐演变出急促而近乎狂乱的奇怪节奏,这节奏摇动了床、地板、中间的墙壁甚至我身下的沙发。我感觉我的身体与沙发产生了共振,我的呼吸变得更急促,以至于随后我也以一种相同的狂乱的奇怪节奏开始喘息。接着,慢慢地,随着运动的消退,他们的呼吸恢复平静,我也渐渐冷静下来。我的呼吸恢复了缓慢的正常状态,带着汗湿的身体,我睡着了。

* * *

第二天早上，我给叔叔做了早饭。我给他递眼镜或递水时，他总是抬起眼睛看我，但我每回都把脸扭到一边，避开他的注视。等到他离开后，我才跪在木沙发边上，抽出我的鞋子，把脚塞进去，再穿上裙子。我打开我的小包，把叠好的长睡衣放进去，在合上小包之前，再把我的中学毕业证书和荣誉证书放在最上面。叔叔的妻子在厨房做饭，女仆萨阿迪亚在小孩的房间里给他们喂饭。这时，我最小的堂妹哈拉走了进来。她那双黑眼睛睁得大大的，盯着我的裙子、鞋子和小包。她还不会说话，不能完整叫出我的名字，所以总是叫我"道斯"。她是唯一一个会冲我微笑的小孩，我一个人在房间里时，她会进来，跳上沙发，喊着："道斯，道斯。"

我会轻抚她的头发回答说："我在呢，哈拉。"

"道斯，道斯。"她回道，咯咯地笑，想要我陪她玩。可是她母亲喊她的声音很快就从外面传来，她会从沙发上跳下去，用她的小腿蹒跚着走出去。

哈拉的眼睛不停地来回打量我的鞋子、裙子和小包。

她抓着我裙子的下摆，不停地叫着：

"道斯，道斯。"

我在她的耳边悄声说："我会回来的，哈拉。"

可是她不肯沉默。她用手指钩住我的手，不停地重复着："道斯，道斯。"

我给了她一张自己的照片，以便分散她的注意力，接着就打开公寓门，走出去，再悄悄关上。我听见她的声音从门后传了出来：

"道斯，道斯。"

我跑下楼梯，可是直到我下到最底下，走向外面的街道，她的声音仍回荡在我的耳边。我在人行道上朝前走时，还是能听见这声音从我身后某处传来。我转过头，却看不到任何人。

我像之前那样走在街上，可是这一次感受不一样，因为我没有明确的目的地。事实上，我完全不知道我的脚会把我带去何方。我看着这些街道，感觉像是第一次看到它们。一个新世界，一个此前对我来说并不存在的世界，在我眼前敞开。也许它一直都在那儿，一直存在着，可我从未见到它，从未意识到它一直都在。我这些年怎么就对它的存在视而不见呢？现在，仿佛我额头上的第三只眼被切开了。我能看见人群在街上不停流动，有些用脚走，有些乘坐公交车或小汽车。他们全都行色匆匆，对身边发生的事情毫不在意。没有人留意到我一个人站在那儿。因为没人留意我，我反倒可以好好观察他们。走在街上的人穿着破衣烂衫和备受蹂躏的鞋子，他们脸色惨白，眼神黯淡，顺从，沮丧，带着确定无疑的悲哀和忧虑；而那些坐在小汽车里的人有着宽阔而多肉的肩膀，脸蛋又胖又圆。他们以警惕、多疑和鬼祟的眼神望向玻璃窗外，他们有着时刻准备猛扑、充满侵略性却又奇怪地带点奴性的眼睛；我无法分清那些公共汽车上的乘客的脸或眼睛，只见他们头挨头、背靠背地挤在一起，从脚踏板到车盖顶，他们填满了公共汽车的内部空间。每当公交车到站停车或行驶缓慢时，我就瞥见那一张张闪着汗水的嫌恶的脸以及一双双明确传达出恐惧的气鼓鼓的眼睛。

这些遍布于大街小巷的行人多到令我惊讶，而更令我惊讶的是他们如同瞎眼的动物一般走动的方式：既看不见自己，也看不见别人。尤其令我惊恐的是，我忽然意识到我已经成为他们中的一员。这一认识让我心中充满了这样一种感觉：一开始那里面有最令人愉快的东西，很快就变得像是第一次睁开眼睛感知周围世界的初生儿，他先是感到惊异，下一刻却忽然尖叫，大哭起来，因为他感觉自己被抛入一个从未来过的陌生世界。

夜幕降临，我仍然没有找到一个可以度过漫漫长夜直到天明的容身之所。我感觉内心深处有什么东西在恐慌地尖叫。我已疲惫不堪，肚子也饿得慌。我背靠着墙休息，站立片刻四下打量。我看见宽阔的街道在我眼前像海面那样延伸，而我不过是被人扔进水中的石子，随着人流摇摆起伏，这些人长着视而不见的眼睛，无力去留意任何事、任何人。每分钟都有一千双眼睛从我身前经过，可对他们而言，我一直都是不存在的。

夜里我忽然察觉，或者说感觉有两只眼睛正极其缓慢地、一点一点地靠近我。它们缓慢而专注，将凝视的目光落在我的鞋子上，停留片刻后又缓缓爬升至我的小腿、大腿、腹部、胸部、脖子，最后停住，以同样冰冷的意图，用目光紧紧锁住我的眼睛。

我打了一个寒战，这感觉如同对死亡的恐惧，或者如同死亡本身。我绷紧背部和脸上的肌肉以止住颤抖，克服这掠过我整个身心的恐惧感。毕竟我所面对的不是持匕首或剃刀的手，而不过是两只眼睛，一双眼睛而已。我努力地咽了口口水，向前迈出一步。我现在可以挪动我的身体，离开那双眼睛几步远了，可我感觉它们仍然盯着我的后背，从后背穿了过来。我看到一间被一盏明亮的灯照亮的小店，便赶紧走了过去。我步入店内，躲在一小群人中间。过了一会儿才走出来，谨慎地在街面上来回扫视。确认那双眼睛已经消失后，我沿着人行道飞速奔跑起来。现在我的脑子里只剩下一个念头：怎样在尽可能短的时间之内回到叔叔家。

* * *

回去之后，我不知道我是如何忍受叔叔家的日子的，也不记得我怎么就成了马哈茂德族长的妻子。我只知道，这世上我必须面对的一切都变得远不如那双眼睛可怕，只要一想起它们，就有一道冷战穿过我的脊骨。我说不清它们的颜色，是青还是黑；也想不起它们的形状，是圆睁的大眼睛，还是两道窄缝。但是不管白天黑夜，只要我走在街上，我都会谨慎地查看四周，仿佛我在等着那双眼睛忽地从地缝里升起，直盯住我。

离开叔叔家，搬去和马哈茂德族长同居的日子到了。现在我睡在一张舒适的床上，不用再睡那个木沙发了。

不过每次我一躺到床上，想要伸展身体，疏解一下做饭、洗洗涮涮（这个大房子里的所有房间都堆满了家具）的疲惫，马哈茂德族长就会出现在我身边。他已经六十多了，而我还不到十九。他的下巴靠近嘴唇的地方长了一个大瘤子，中间有一个洞。有时候那个洞是干的，另外一些时候它会变成一个锈迹斑斑的旧龙头，从中渗出一滴滴血一样的红色液体，或是脓一样的白黄色黏液。

洞口干了后，我才允许他亲我。我感觉那个在我脸上和嘴唇上的瘤子就像一个小钱袋或皮革水袋，里面装满了发臭的、油腻的液体。洞口不干的日子，我就把嘴和脸扭到一边，以避开从中散发出来的死狗的恶臭。

夜里他用双腿和双臂缠住我，用他那又老又糙的手摸遍我的全身，那是一个挨饿的人的爪子，这个人有很多年没有吃过真正的食物了，所以把碗揩得干干净净，一点面包屑都不剩。

他吃不了多少。他脸上的瘤子妨碍了他的咀嚼,他那干瘪而老朽的胃也消受不起那么多食物。不过,尽管他只能吃一点,但每次他都要把盘子揩得一干二净,把夹在指间的那块面包一点点吞掉,直到什么也不剩。我吃饭的时候,他还一直盯着我的盘子,要是我剩下了点什么,他就拿过去吃掉,接着就斥责我的浪费。我并没有浪费食物的习惯,我剩在餐盘里的只是一点沾在上面、要用肥皂和水才能洗掉的残渣。

他的手脚松开我后,我轻轻地从他身体下面滑出来,踮着脚走去浴室。我仔细地清洗我的脸和嘴唇,我的手臂和大腿,我身上的每一个部位,小心翼翼地不错过每一寸地方,用肥皂和水反复冲洗。

他已经退休了,没有工作,也没有朋友。他从不离开屋子,也不去咖啡馆坐坐,这样也就不用为一杯咖啡支付几皮阿斯特了。他一整天都待在我旁边,在厨房里看我做饭、洗涮。要是我弄掉了一包肥皂粉,撒出几粒到地板上,他就从椅子上跳起来,埋怨我的粗心。我从锡罐里取出酥油做饭时,要是比平时稍微舀得多了些,他就愤怒地吼叫，提醒我注意酥油减少的速度比预期的要快。清洁工来倒垃圾，他会在垃圾倒进垃圾车之前仔细检查一遍垃圾桶。有天他在里面翻出了一些食物残渣，便冲我大吼大叫，声音大到所有邻居都听得到。这一事故之后，他就慢慢养成了揍我的习惯，不管有理无理。

有一回他拿鞋子抽遍了我全身，我脸上和身上全都被打肿了，都是瘀青。于是我离开他家，去了叔叔家。可是叔叔告诉我，所有的男人都会打老婆，叔叔的妻子也补充说，她的丈夫就经常打她。我说叔叔是一位受人尊敬的族长，熟知教义，他不可能会经常打老婆。她却回说，正是那些精通教义的人才会打老婆，经上的戒律允许这样的惩罚。一个有德的女子不该抱怨她的丈夫，她的职责就是保持绝对的服从。

我无言以对。女仆还没有开始往桌上摆午餐，叔叔就把我带回了丈夫家。我们抵达时，他已经一个人吃完了午饭。天黑之后，他也不问我饿不饿，一个人不声不响吃完了晚饭，一句话也不跟我说。第二天早上，我做好早餐后，他坐在椅子上吃，却不看我一眼。我在餐桌边坐下，他抬起头死死地盯住我的盘子。我饿极了，急

需吃点什么,所以决定不管发生什么,我也要吃点。我把手伸到盘子里抓了一小片食物塞到嘴里。我还没吃下去,他就跳起来吼道:

"你为什么要从你叔叔家回来?他难道没有足够的食物让你吃个几天的吗?现在你知道了,我是唯一能忍受你的人,是唯一打算喂饱你的人。所以你为什么要回避我呢?你为什么要把你的脸扭到一边?因为我很丑吗?我身上有味儿?为什么我每次靠近你,你都要这么冷淡?"

他像条疯狗跳到我身上。他的瘤子洞里渗出一滴滴恶臭的脓液。这一回我没有转过我的脸或鼻子。我的脸和身体向他的脸和身体顺从地投降了,不带任何反抗,一动也不动,好像我的生命已经就此耗尽,如同一截枯木,或是立在原地老旧的、被人忽略的家具,或是一双椅子下被人遗忘的鞋子。

一天,他用粗手杖打得我的鼻子鲜血直流。我又出走了,这回我没去叔叔家。我穿过街道,眼睛肿胀,脸上满是瘀青,可是没人在乎我。人们奔波在公交车、小汽车里或是人行道上。他们仿佛是瞎子,什么也看不见。

街道像海洋一样在我眼前延展成没有尽头的广袤之地。我只是一颗被抛进去的石子，被海浪吹打，四处颠簸，日夜翻滚，直到被遗弃在海滩上。后来，我走累了，就坐到一张放在人行道边、正好被我碰见的空椅子上休息。一股浓郁的咖啡香气飘进我的鼻子。我意识到我口干舌燥，肚子空空。服务生男孩走过来问我想要喝点什么时，我求他给我倒杯水。

他生气地望着我说，咖啡馆不是给路人设的，又补充道，圣栽娜卜寺[1]离得很近，我在那里可以要到水喝。我抬起眼睛看着他，他盯着我，随后问我怎么把自己弄得鼻青脸肿。我试着回答，却说不出口，只能以手掩面哭了起来。他迟疑片刻离开了我，回来时手上端了杯水。我把杯子举到嘴边喝水，水却卡在了我的喉咙里，我像是被噎着了，只能吐出来。过了一会儿，咖啡馆的店主走过来问我叫什么。

---

[1] 圣栽娜卜寺（Sayeda Zainab mausoleum），位于开罗的一座重要的清真寺，为纪念先知穆罕默德的外孙女栽娜卜（Zainab）而建。Sayeda是对女性的尊称。

"菲尔道斯。"我说。

他又问我:"你脸上这些瘀青是怎么回事?有人打你了吗?"

我再次尝试解释,声音却仍然哽咽。我呼吸困难,不停地咽下自己的眼泪。他说:"待在这儿休息会儿吧。我给你倒杯热茶。你饿了吗?"

在这期间,我的眼睛一直盯着地面,一次没有抬起来看下他的脸。他的声音低沉,带着一丝沙哑,令我想起我的父亲。每次他吃完饭,打完母亲,平静下来后就问我:"你饿了吗?"

我生平第一次忽然觉得我的父亲是一个好人,我想念他,而在内心深处我是爱他的,只是我自己没意识到而已。我听见那个男人说:"你的父亲还在吗?"

我回说:"不,他死了。"接着我第一次因为想到他的死而哭了起来。男人拍拍我的肩膀说:"生死有命,菲尔道斯。"又追问道:"你母亲呢?她还在吗?"

"不在了。"我回答。

他决定问到底:"你有没有什么家人?兄弟、叔叔之类的?"

我摇头，重复道"没有"，接着我飞快打开我的小包说："我有中学文凭。也许我能用我的中学文凭或是小学文凭找份工作。实在不行，我什么都可以做，包括那些不需要任何文凭的工作。"

他叫巴尤米。当我抬起头，望着他的眼睛时，我感觉不到恐惧。他的鼻子又大又圆，长得像我父亲的鼻子，他的肤色也和我父亲的一样黝黑。他的眼神顺从而平静。我感觉那不是有杀气的眼睛。他的双手看起来也是规矩的，甚至有些谦卑，动作平和而放松。这双手不会让人联想到那些暴力、残酷的人的手。他告诉我他有两个房间，我可以住在其中一间，直到我找到工作。在去他家的路上，他停在一个水果摊前问我：

"你爱吃橙子还是橘子？"

我想要回答，可再次发不出声音。从没有人问过我这个问题。我的父亲也从未给我买过水果。我的叔叔和丈夫买过，但没有问过我更喜欢吃哪种。事实上，我自己从未想过我更爱吃橙子还是橘子。我听见他又问了一次：

"你喜欢吃橙子还是橘子啊？"

"橘子。"我回答说。不过他买完之后，我意识到其实我更喜欢吃橙子，但我羞于这样讲，因为橘子更便宜。

巴尤米的两室小公寓房位于一条窄巷，可以俯瞰鱼市。我过上了这样的日子：清扫房间，从底下的市场买鱼、兔肉等荤食给他做饭。他整天在咖啡馆工作，顾不上吃饭，一天结束回家后，他会大吃一顿，再去他的房间睡觉。我则睡在另一间房里铺有床垫的地板上。

我第一次跟他回家的那天是在冬季，夜里很冷。他对我说："你睡床，我睡地板。"

可是我拒绝了。我躺到地板上，昏昏入睡。他走过来，拉起我的手，把我带到床上。我埋着头走在他身边。太窘迫了，我几次差点跌倒。我从未遇见过把我看得比他自己还重要的人。过去冬天的时候，我的父亲总是独占灶房，而把我留在最冷的房间里；我的叔叔自己有床，我却只能睡木沙发；后来结婚后，我的丈夫吃得比我多一倍，却总是巴巴地盯着我的餐盘。

我站在床边咕哝道："可我不能睡在床上。"

我听见他说："我不允许你睡在地板上。"

我的头仍然垂向地面。他的手一直紧握我的手臂。

我看见那是一双手指修长的大手，让我想起抚摸我的叔叔的手，这双手眼下也以一模一样的方式颤抖着。所以我闭上了双眼。

他的抚摸猝不及防，感觉像是从遥远的过去忆起的梦，或是一些自生下来就有的记忆。我的身体颤抖着，带着一种模糊的愉悦，或是一种并非真的疼痛而是愉悦的疼痛，这种愉悦我此前一无所知，它来自别处的生活，别人的身体。

结果整个冬天和接下来的夏天，我都睡在他的床上。他从未抬手打过我，也不会在我吃饭时盯着我的盘子。不过我给他做鱼，总是几乎把整条鱼都给他，而只给自己留下鱼头或鱼尾。要是做兔肉，我就把整只兔子都给他，自己只啃一点兔头肉。我下桌时总是没吃饱。去市场的路上，我盯着那些穿街而过的女学生，总是想起我一度也是她们中的一员，我还拿到了中学文凭。一天，我停在一群女学生前直面着她们。她们带着轻蔑从头到脚地打量着我，因为我的衣服上散发着刺鼻的鱼腥味。我向她们解释说，我也拿过中学文凭。她们便开始取笑我，我听见其中一人对她的朋友耳语："她一定疯啦，她在自言自语,你没瞧见吗?"

可我不是在自言自语。我只是告诉她们我有中学文凭而已。

那天晚上,巴尤米回家后,我对他说:"我有中学文凭,我想工作。"

"咖啡馆里每天都挤满了失业的年轻人,他们全都有大学文凭。"他说。

"可我必须工作。我不能再这样下去了。"

他看也不看我一眼说:"你不能再这样下去了,这话什么意思?"

"我不能继续住在你的房子里了,"我结结巴巴地说,"我一个女人住在男人家里,人们在嚼舌根子啊。再说,你答应过我只用住到你帮我找到工作为止。"

他气愤地反驳说:"我能怎么办呢?求老天开恩吗?"

"你一天到晚在咖啡馆忙活,都没有试过帮我找找看。现在我要自己出去找份工作了。"

我说得很轻,眼睛盯着地面,可他跳起来扇了我一巴掌,说:"我跟你说话的时候,你竟敢扯着嗓子喊,你个站街女,贱女人。"

他的手又大又结实,我从未挨过这么重的耳光。我的头被打得歪向一边,接着又歪向另一边。墙壁和地板似乎在猛烈地摇晃。我用双手护住我的头,直到它不再摇摆,我抬起头,遇上了他的目光。

这双与我对峙的眼睛仿佛是我第一次看见。两个乌黑色的眼球凝视着我的眼睛,接着极其缓慢地扫过我的脸、脖子,一路往下滑过我的胸、腹部,定在腹部下方,我的双腿之间。一道死亡般的寒战贯穿我的身体,我的手本能地放下,挡住他死死盯住的部位,但是他那双强有力的大手迅疾地将它们一把拉开,拿拳头打在我的肚子上,他出手太重,我一下子就失去了知觉。

后来他每次出门前都要把我锁起来。我睡到了另一间房的地板上。半夜回来后,他会扯开我身上的被子扇我的脸,接着又整个人压到我身上。我闭上眼睛,任他蹂躏。我的身体就那样一动不动地躺在他的身下,摒除了所有欲望、愉快甚至疼痛,我什么也感觉不到。这是一具内里不再有生命的死尸,像一块木头、一只袜子或一只鞋。接下来的一个夜里,他的身体好像变得比以前更重了,他的气息闻起来也不一样了,于是我睁开眼睛,进而发现那张在我上方的脸不是巴尤米的。

"你是谁?"我问。

"巴尤米。"他说。

我又问:"你不是巴尤米。你到底是谁?"

"有什么区别吗?巴尤米和我亲如一家。"接着他又问,"你舒服吗?"

"你说什么?"我问。

"你舒服吗?"他重复道。

我不敢说我没感觉,只好再次闭上眼睛说:"是的。"

他把牙齿咬进我肩膀的肉里,又咬了几下我的胸,然后是我的肚子。他一边咬,一边反复地叫着"贱人,婊子"。接着他开始用一些我听不懂的词羞辱我的母亲。后来我尝试说出这些下流话,却发现我说不出口。不过这夜过后,我经常听到巴尤米或他的朋友讲这些话。我渐渐习惯了它们的发音,也学会了偶尔用一用,比如当我想要开门却发现门被锁上之后,我捶门大喊:"巴尤米，你这个……养的[1]。"我几乎就要以同样的方式辱骂他的母亲了，不过我收回了在我舌尖打转的话，意识到我错了。我应该羞辱他的父亲而不是他的母亲。

有一天，一个邻居从门的格栅里看见了站在那儿哭泣的我。她问我怎么了，我就告诉了她事情的原委。她被我说哭了，建议我报警，可是"警察"这个词叫我害怕。我让她帮我找了一个锁匠。过了一会儿，锁匠来把门撬开了。我跑出巴尤米的屋子来到街上。大街现在成了唯一能庇护我的安全之地，我整个人都可以躲进去。我一面跑，一面不时回头，眼睛越过肩膀，以确保巴尤米没有跟住我。看到他的脸不在，我就以最快的速度继续往前飞奔。

* * *

天快黑时，我走在一条街上，不知道自己身在何方。这是一条尼罗河岸的大道，干净、平整，两旁都种有高

---

1 原文为"you son of a..."。——编者注

大的树木。这边的房屋都围着栅栏和花园。吸入肺里的空气都是纯净的,一点灰尘味都没有。我看到一条面朝大河的石凳,就坐了上去,我抬起头感受这清新的微风。刚闭目休息,就听见一个女人在问:

"你叫什么名字?"

我睁眼发现身旁坐着一个女人。她披着绿色的披巾,画有绿色的眼影。她眼睛中间的瞳孔似乎也变绿了,那是一种浓郁的深绿,一如尼罗河岸的树木。河里的水倒映着树的绿,也流着树的绿,绿得就像她的眼睛。我们头顶的天空则蔚蓝无比,这些颜色全都融合在一起,周遭的一切都发出这流动的绿光,它环绕我,彻底裹住我,以致我感到自己正渐渐溺死其中。

这感觉很奇怪,我淹没在这深绿色之中,这有着自身密度和浓度的深绿色,有如海水,而我可以在里面安眠、做梦,我睡着梦着下沉着,我渐渐下沉却没有打湿身体,渐渐下降却不会淹死。我感觉自己这一刻躺在海底,被深渊吞没,下一刻又缓缓上升,缓缓浮至海面,而无须抬一下胳膊或腿。

我感觉眼皮越来越重,似乎就要睡着了,不过她的声音又回荡我在耳边。这声音圆润，低沉得如此温柔以至于听起来几乎有催眠的效果，说："你累了。"

我强睁开眼睑，说："是的。"

她眼中的绿色变得更加浓郁了。"这个狗杂种对你做了些什么？"她问。

我像从梦中被忽然惊醒一样问她："你说的是谁？"

她把披巾往她肩上紧了紧，打了个呵欠，继续发出那温柔而困倦的声音。

"随便哪个，没有区别。他们全都一个样，全都是狗杂种，只是用不同的名字到处跑。马哈茂德、哈桑宁、法齐、萨布里、易卜拉欣、阿瓦当、巴尤米。"

我倒吸一口气，打断她说："巴尤米？"

她大笑起来。我瞥见她有一口小而白的尖牙，中间还有颗金牙。

"我全都知道。他们中哪一个是最先开始的？你的父亲，你的兄弟……还是你的某个叔叔？"

这回我被吓了一大跳，几乎从石凳上跌下来。

"我的叔叔。"我用低沉的声音回答说。

她又笑了，把披肩往一侧的肩膀后面甩了甩。

"那么巴尤米对你做了些什么?"她沉默了一阵子,又补充说,"你还没告诉我你的名字。你叫什么?"

"菲尔道斯。你呢?你是谁?"我问。

她以一种奇怪的骄傲的动作,挺直后背和脖子。"我是莎瑞法·萨拉·艾尔·迪娜。所有人都知道我。"

在去她公寓的路上我们一直在谈话,讲述发生在我身上的事。我们离开河滨路,拐进一条窄街,没多久就停在一栋很高的公寓楼前。电梯载我上行时,我紧张得发抖。她从包里掏出一把钥匙,紧接着我就跟她走进一套一尘不染的房子,里面铺着地毯,还有一个可以俯瞰尼罗河的宽大阳台。她带我去浴室,向我演示怎么开关冷热水,这样我就知道怎样洗澡了,她还给了我一些她的衣服,有着美妙香水味的柔软的衣服。她给我梳头、整衣领的手指也是柔软的。环绕在我身边的一切都带着这种平滑、柔和的质地。我闭上眼睛,任自己沉浸在这些东西的温柔之中。我感觉我此刻的身体有如新生儿,同这房子里的其他东西一样软滑。

当我睁开眼睛看着镜子,我意识到自己已经重生了,这副新身体像玫瑰花瓣那样光滑、娇嫩。我穿的衣服也不再粗陋、肮脏，而是柔软而干净的。整个屋子清洁得发光，连空气都是洁净的。我深吸一口这纯净的空气，转过头看见了她。她站在离我很近的地方望着我，眼睛里发出浓烈的绿光，那是树、天空和尼罗河河水的颜色。我任由自己没入她的眼中，伸出双手抱住她，悄声问她："你是谁？"

她回答说："我是你的母亲。"

"我的母亲好多年前就死了。"

"那我就是你的姐姐。"

"我没有姐姐，也没有哥哥。他们很小的时候就像小鸡一样死掉了。"

"人皆有一死，菲尔道斯。我会死，你也会死的。重要的是，在死之前怎么活下去。"

"怎么才能活下去？生活太艰难了。"

"你必须比生活更坚韧才行，菲尔道斯。生活确实很难，但只有那些比生活更坚韧的人才能真正地活着。"

"可你过得不苦啊，莎瑞法，你是怎么走过来的？"

"我过得很苦，非常辛苦，菲尔道斯。"

"不，你这么优雅，这么柔和。"

"我的皮肤是柔软的,可我的心是冷酷的,我咬起人是要命的。"

"像蛇一样?"

"是的,和蛇一个样。生活就是一条蛇。这都是一回事,菲尔道斯。如果蛇意识到你不是蛇,它就会咬你;如果生活知道你没有刺,它就会毁灭你。"

* * *

我成为莎瑞法手下的新人。她打开了我的眼界,不管是对于生活,还是对于那些隐藏在我脑海中的童年往事。她用探照灯搜寻,揭开了我自身的模糊区域,以及我脸上、身上那些我看不见的特点,让我生平第一次意识到它们的存在,理解它们,看到它们。

我发现我有双闪光的黑眼睛,能像磁铁一样吸引别人的眼睛,而我的鼻子既不大也不圆,而是饱满而光滑的,带着那种可以变成情欲的强烈的激情。我身材苗条,大腿紧实,满是肌肉,随时准备变得更健美。我意识到我并不恨我的母亲,不爱我的叔叔,也并非真的了解巴尤米或是他那帮人。

莎瑞法有天对我说:"不管是巴尤米还是他那些狐朋狗友,都没有意识到你的价值,因为你没能足够珍视自己。男人是不懂女人的价值的,菲尔道斯,只有她自己能决定她的价值。你对自己估价越高,他就越能明白你是真的有价值的,并准备倾尽所能付钱给你;要是他没有钱,他就从别人那里偷,给你你想要的。"

我惊奇地问她:"我真的有什么价值吗,莎瑞法?"

"你很美,又有文化。"

"文化?"我说,"我只有中学文凭。"

"你太低估自己了,菲尔道斯,我都只有小学文凭。"

"那你出价吗?"我谨慎地问。

"当然,除非出一个高价,没人能碰我一下。你比我年轻,比我有文化,给你的钱应该是给我的两倍,不然就不该靠近你。"

"但是我不能向男人要任何东西。"

"不用你开口要,那不是你的分内事,那是我的。"

* * *

尼罗河、天空与树会变吗？我变了，那为什么尼罗河和树的颜色不会变？每天早上我打开窗户，就能看见流动的尼罗河，我凝视水中的绿，树的绿，凝视沉浸万物的鲜活的绿光，感受来自生命、我的身体及血管中热血的力量。我的身体充满暖意，它像我穿的丝绸衣、我睡的丝绸床的抚摸一样柔软。玫瑰的芬芳扑鼻而来，飘散在开阔的空间。我任自己沉没在这种温暖和温柔的感觉中，沉溺于这轻柔玫瑰的香气中，我伸展身体，品味丝绸床单和头下软枕的舒适。我以无尽的渴求，用鼻子、嘴巴、耳朵，用我身上的每一个毛孔，痛饮这流动的柔软。

夜里，月光流经我，它又滑又白，就像躺在我身边的男人的手指。他的指甲也是这么干净、洁白，不像巴尤米的那样脏得像黑夜，也不像我叔叔那样，指甲缝里都是黑土。我合上眼睑，任由我的身体沐浴在银白色的月光中，任由这丝滑的手指抚摸我的脸和唇，下游到我的脖子，再埋进我的双乳。

我会在双乳之间照看它们片刻,再由它们滑向我的肚子,接着是我的两腿之间。在我身体深处,我能感受到一种奇怪的颤抖。起先它像是愉悦,一种与疼痛同族的愉悦。它属于遥远的过去,从一开始就以某种方式与我同在。我很久以前经历过它,可在当时就已遗忘。而它似乎又像可以追溯至我生命之前,我出生前的某天,它像是出自一个古老的伤口,一个不再属于我的器官,在一个不再是我的女人的身上。

一天我问莎瑞法:"我怎么一点感觉也没有?"

"这是工作,菲尔道斯,我们只是在工作。不要把感情和工作混在一起。"

"可是我想要有感觉,莎瑞法。"我喊道。

"除了疼痛,你在那里面什么也得不到的。"

"难道不存在愉悦吗,哪怕只是一点点?"

她忽然大笑。我再次看见她那口中间镶着一颗金牙的细白的尖牙。她猛地停住笑声,严肃地看着我,说:

"吃烤鸡和米饭时,你没有感到一点愉悦吗?穿着这些柔软的丝绸衣服,你没有感到一点愉悦吗?住在这温暖又洁净的房子里,还能俯瞰尼罗河,你难道没有感到

87

愉悦?你每天打开窗户望着尼罗河、天空和树木,难道没有感到愉悦?这些难道都不能满足你?你为什么要奢求更多呢?"

我并不贪婪,而是在想其他的事情。一天早上,我像往常那样打开窗户,尼罗河却不见了。我知道尼罗河就在那儿,河水在我眼前延伸,可我再也看不见它,仿佛我的这对人眼失去了看到目力所及之物的能力。我鼻子底下的那些环绕着我的香气,也消失了。我闻不到它们的气味,好像我的鼻子同我的眼睛一样,无法记住就在它前面的东西。那柔软,那丝绸,那舒适的床,我知道所有这些东西都在那儿,只是它们不再为我存在。

我从未离开过这套房子,事实上,我甚至从未离开过卧室。我夜以继日地躺在床上,备受折磨,每个小时都有男人进来。他们人真多,我弄不懂他们可能来自何处。他们全都结婚了,受过教育,携带肿胀的皮革包,衣服里面的口袋里放着肿胀的皮革钱包。他们肿胀的大肚子因为装了太多食物而下垂,他们很爱流汗,腐臭味塞满我的鼻子,那些汗像是在他们体内储存了很久的死水。我把脸扭到一边,可他们坚持把它扳过来,让我的鼻子埋在他们的体臭中。他们把长指甲插进我的肉里，而我得闭紧嘴唇，以防现出痛苦的表情，并忍住尖叫，尽管我很努力，可最后还是会发出轻轻的、低沉的呻吟。愚蠢的男人听见后，总是在我耳边低语：

"你有感觉了？"

我噘起嘴作为回答，并打算把口水吐到男人脸上，但他会用牙齿咬住我的双唇。那黏稠的唾液抹到我的唇上，我用舌头把唾液推送回他的嘴里。

所有这些男人中，只有一人不蠢，他没有问我是不是感觉不错，反而问："你是不是感觉疼？"

"是的。"我说。

"你叫什么名字？"

"菲尔道斯。你呢？"

"我叫法齐。"

"你怎么知道我疼。"

"因为我能感觉到你。"

"你能感觉到我？"我惊讶地叫道。

"是的，"他说，"你呢，你是不是也能感觉到我？"

"我什么也感觉不到。"

"为什么?"

"我不知道。莎瑞法说工作就是工作,工作不用关心有没有感觉。"

他短促地笑了一声,又吻了吻我的嘴唇。"莎瑞法在骗你,她只是想从你身上赚钱,而你从中得到的只有疼痛。"

我哭了。他擦掉我的泪水,拥我入怀。我闭上眼睛,他轻吻我的眼睑。我听见他悄声说:"你想睡吗?"

"想。"

"那就在我怀里睡吧。"

"莎瑞法那边怎么办?"

"不要怕她。"

"你呢,你难道不怕她吗?"

他又短笑了一声,说:"她怕我还差不多。"

当我听见轻声细语从墙的那头莎瑞法的房间传来时,我仍在床上闭着眼睛睡觉。我听见她在同一个声音听着有些耳熟的男人说话。

"你要把她从我身边带走?"

"我要娶她,莎瑞法。"

"你不会。你不会结婚的。"

"那是从前，现在我老了，想要个儿子。"

"这样他就能继承你的财产了？"

"不要在钱上面讽刺我，莎瑞法。如果我想的话，我是可以成为百万富翁的，可我是个及时行乐的人。我赚完钱就花。我拒绝做奴隶，不管是金钱上的，还是爱情上的。"

"你爱她吗，法齐？"

"我有爱人的能力吗？你有回跟我说过我已经丧失了爱的能力。"

"你既不爱她，也不会娶她。你只是想把她从我身边带走，就像你从前把卡梅利亚从我身边带走一样。"

"是卡梅利亚非要跟着我。"

"她爱上你了，不是吗？"

"女人爱我，是我的错吗？"

"爱上你的女人都要倒大霉，法齐。"

"前提是我没有爱上她。"

"你能爱上一个女人吗？"

"有时会，我确实爱过。"

"你曾爱过我吗？"

"你又要重新回到这个问题上吗？我没有那么多时间可以浪费，这你知道的，总之我要带走菲尔道斯。"

"不准你带走她。"

"我这就带她走。"

"你在威胁我吗，法齐？我再也不怕你的威胁了。你也不敢叫警察，我在警局的朋友和关系比你更多了。"

"我是那种会求助警察的人吗？只有软弱的人才需要那些家伙。你觉得我是个软弱的人吗，莎瑞法？"

"你这话什么意思？"

"你知道我的意思。"

"你要揍我一顿，是这意思吗？"

"离我上次揍你已经过了很久了，看起来你现在很需要找个地方躲起来。"

"你要是打我，我会还手的，法齐。"

"很好，我倒要看看咱俩谁更强。"

"你要是敢动我一根手指，我就叫舒基揍你。"

"舒基他妈的是你什么人？你又找了个男人？你爱上别人了吗？你好大的胆子！"

我听不到墙那边莎瑞法的回答。也许她的声音太轻了，传不过来。也许在她开口之前，他就用手捂住了她的嘴。我好像听到了手拍在嘴上的声音，接着又响起酷似手拍在脸上的声音。随后是一连串的呻吟。我分不清那是在轻轻地拍打脸部，还是粗暴的亲吻。不过没多久，我就听到了莎瑞法的抗议："不要，法齐，别这样！"

他发出了愤怒的嘘声："不要，不要什么，你个婊子？"

他们身下的床嘎吱作响，我再次听到莎瑞法的声音，像是一连串的喘息声，接着是同样的抗议声。

"不要，法齐。看在先知的分上。你不能，你不能这样！"

墙那头又传来他那气喘吁吁的愤怒的呵斥声："你他妈闹哪样，你个婆娘！不能哪样，什么先知？这个舒基是谁？我要割破他的喉咙。"

在两人的重压下，床的嘎吱声变得更响了，他们抱在一起摔打彼此，时而接近时而分开，这连续的运动很快就演变得奇怪、急促、近乎疯癫而狂乱，床在猛烈摇晃，像喘不上气的野兽在颤抖。地板似乎也在摇晃、喘气,接下来是墙,甚至连我躺着的床也陷入疯狂的节奏,抖动起来。

这剧烈的摇晃传到我的头上,我仿佛忽然被惊醒,明白身边发生了什么。我看见法齐的脸在迷雾中渐渐成形,像是在梦中,我听见他的声音再次在我耳边响起:"莎瑞法在骗你,她只是利用你来挣钱。"

接着是莎瑞法的声音:"你要是揍我,法齐,我会还手的。"

我睁开眼睛。我的身体在床上伸展开来,身边没有男人,房间又黑又空。我蹑脚走去莎瑞法的房间,发现她正赤身裸体地躺在法齐身边。我又蹑脚走回自己的房间,伸手随便够了件衣服穿上,带上我的小包,跑下楼梯,来到街上。

* * *

这是夜晚,一个漆黑的、没有月亮的夜晚,一个酷寒的冬夜,所有的门窗全都紧闭,以防冷空气的渗入。我就这样穿着一件单薄的、近乎透明的衣服走在这寒冷中，可我感觉不到冷。四面八方环绕着我的都是黑暗，我也无处可去，然而我不再害怕。街上再也没有什么东西能吓到我了，最凛冽的风也不能刺入我的身体。是我的身体变了吗？我是不是变成了另一个女人？我自己的，我真实的身体去了哪儿？

我开始检查我的手指。这些指头是我的，它们没变，还是那么修长。一个男人曾说他从未见过这样的手指，他说它们看上去既有力又灵巧，有着自己的语言。当他亲吻我的手指时，它们似乎在向他讲着一种他几乎可以听见的话语。我笑着把自己的手指放到耳边，可是什么也听不见。想起这个我又笑了，这回笑声回荡在我的耳中。在这寂静的夜里听到自己的笑声，吓了我一跳。我小心翼翼地四下望去，担心有人听见我在夜里独自发笑，并因此把我送去阿巴西亚精神病医院。一开始我什么也没看到，片刻后我瞥见一个警察正在黑暗中向我靠近。他笔直地向我走来，抓住我的胳膊，说：

"你要到哪里去？"

"我不知道。"

"你愿意跟我走吗？"

"去哪儿?"

"我家。"

"不……我再也不信男人了。"

我打开我的小包,把我的中学文凭拿给他看。我告诉他我在找工作,用我的中学文凭,小学文凭也行。文凭没用也没问题,我什么工作都愿意做。

他说:"我会付钱的。别以为我会白干不给钱,我和其他警察不一样。你想要多少?"

"我想要多少?我不知道。"

"别要我了,也不要跟我讨价还价,不然我就把你带到局子里去。"

"为什么?我什么也没做。"

"你是妓女,逮捕你和你的同伙是我的职责。这样才能清扫我们的国家,让那些体面的家庭远离你这样的货色。不过我不想施暴。也许我们可以不要小题大做,私下达成一致。我给你一镑,整整一镑。你觉得怎么样?"

我想要挣脱他,可他紧紧抓住我的手臂,带我离开我们站立的地方。他抓着我穿过一条又一条黑暗而狭窄的巷子,接着穿过木门走进一间房,逼我躺到床上。他脱掉了衣服。我闭上眼睛，又是这熟悉的重量压在我的身上，这指甲脏污的手指摸遍我全身的熟悉动作，同样熟悉的还有这气喘吁吁的呼吸，这腐臭的黏糊糊的汗水，这床、地板和墙壁的摇晃，好像整个世界都在旋转。我睁开眼睛，爬到床下，穿上衣服，离开之前的片刻，我把头——我疲倦的头——抵在门上。我听见他的声音从我身后响起：

"你在等什么？我今天晚上没钱，下回再给你。"

我穿过窄巷往外走。仍是黑夜，寒风凛冽。这时还下起了雨，雨水把脚下的灰化成泥。房子前面堆满了垃圾，腐烂的气味似乎从四面八方裹住我、击倒我、淹没我，我走得越来越快，想要逃离这些曲折、狭窄的街巷，跑去柏油路，任何一条都可以，只要不叫我的鞋子陷进泥里。

当我走到一条主路上，大雨仍在倾盆而下，打在我头上。我找到一个可以避雨的公共汽车站台，从包里掏出手帕擦脸、头发和眼睛。一道白光射入我的眼睛，起初我以为是我手帕的白，不过我挪开手帕后，明亮的光继续照着我的眼睛，像是公交车的前灯。我心想天快亮了，也许公交车开始运营了。可那不是公交车，而是一辆停在我前面的小汽车。一个男人从车上走下来，迅速绕车一圈，走到我这边把门打开，轻轻鞠躬，很有礼貌地说：

"请上车避避雨吧。"

我冷得发抖，薄衣服被雨水浸透，紧贴着身体。我的乳房在衣服下面几乎是赤裸的，乳头凸出来，显出两个黑圈。当他扶我进车时，胳膊就压在我的乳房上。

他家很暖和，他帮我脱掉衣服和满是泥泞的鞋子，用热水和肥皂帮我擦洗身子。接着他把我抱到床上。我闭上眼睛，感觉有重物压到我的胸和肚子上，手指在我身上游走。不过那些指甲是干净的、修剪过的，他喘出来的气带着香味，流出来的汗也是黏糊糊的，闻着却是清凉的。

我睁开眼睛，发现自己沐浴在阳光之中。我环顾四周，却认不出身在何方。我躺在一个雅致的卧室里，一个陌生人站在我前面。我迅速起床，穿上衣服和鞋子。提起小包要往大门走时，他伸出手往我手上塞了十镑钞票。这一举动仿佛揭开了我眼中的遮布，使我第一次看清这个世界。我握住十镑钞票的动作，这个迅疾的一扫而过的动作，解开了一个谜团，撕掉了盖住真相的帷幕，而这一真相早在我是个孩子的时候就已经体验过，那是我父亲第一次给我一皮阿斯特，一枚我握在手里的、属于我的硬币。我的父亲此前从未给过我钱，我在田里干活，在家里干活，却只能和我母亲一起吃父亲剩下的残渣。而在那些连残渣都没有剩下的日子，我就只能不吃晚饭就上床。古尔邦节[1]那天，我看见小孩们在糖果店里买糖吃，就跑到母亲那里大喊道："给我一皮阿斯特吧！"

她回答说："我没皮阿斯特，你父亲那里才有。"

我又找到父亲，问他要一皮阿斯特，他打了我的手心，叫道："我没有皮阿斯特。"

不过没一会儿他又把我喊回去说："要是真主开恩，让我们在水牛死掉之前就能把它卖掉，我就给你一皮阿斯特。"

---

[1] 原文为 Eed El Kebir，意译为宰牲节，伊斯兰教的重要节日。——编者注

说完他就开始向真主祈祷、恳求推迟母水牛的死期。可是还没来得及做点什么,那头牛就死了。整个古尔邦节期间,父亲都不再向真主祈祷和恳求,而无论母亲跟他说什么,他都要扑过去揍她一顿。我只好忍住,不跟他要钱,不过后来,在开斋节[1]那天,我看到商店里堆满了糖果,就对父亲说:"给我一皮阿斯特吧!"

这回他说:"你一大清早的第一件事就是问我要一皮阿斯特吗?去给牲口扫粪,把粪放到驴背上,带驴去田里。一天的活干完了,我就给你一皮阿斯特。"

天黑我从田里回来时,他真的给了我一皮阿斯特。这是他第一次给我一皮阿斯特,也是我第一次拥有一皮阿斯特,我把它放在掌心里,用手指包着,紧紧捏住。它不是父亲的,也不是母亲的,而是我的。我可以用它来做我想做的事,买我想买的东西,吃我想吃的东西,糖果、干角豆、糖浆棒或其他我愿意挑选的吃食。

这天阳光耀眼,我踩着迅疾而有力的步子,右拳紧

---

[1] 原文为 Eed El Sagheer,也称肉孜节,穆斯林庆祝斋月结束的重要节日。——编者注

紧握住掌心里的东西,真正有价值的东西,这回不是一皮阿斯特,而是整整十镑。我的手里第一次握住这么大面额的纸币,事实上这是我的指头第一次碰到这样的纸币。这突然的接触让我全身感到一阵奇怪的紧张,一种体内的挛缩,像是有什么东西在里面跳动,用一种几乎是痛苦的暴力摇撼我的身体。我感觉仿佛有什么东西在深埋于我内脏的伤口之中,向外搏动。当我伸展背上的肌肉,站直或深呼吸,它就会疼痛。我能感到它升至我的腹部,像一道冷战,像在血管里猛烈击打的血液。我胸腔里的热血冲上脖颈,掠过喉咙,变成一口温暖而丰富的唾液,它带有愉快的味道,那么强烈,那么浓郁,以至于近乎苦涩。

我站在玻璃橱窗前,看见明火上正在烤鸡肉,我不由得吞了几次口水。我紧盯着跳跃的火焰上随烤肉叉转动的鸡。随后我选了张洒满阳光的靠窗的桌子,点了一只褐色的肥鸡。我坐下,开始慢慢地吃,我吃得非常慢,一点点地咀嚼,吞下之前在嘴里久久品味。我像一个往嘴里塞糖果的小孩,把嘴里塞得满满的,鸡肉吃起来浓郁可口,还带着一股奇怪而浓烈的甜味,甜得就像我用我的第一个皮阿斯特买的糖浆棒。当然那次不是我第一次吃糖浆棒,我母亲之前给我买过。可那是我第一次在商店里从一堆糖果里挑选出来的,第一次用我自己的皮阿斯特买的。

服务生弯着腰把其他餐盘摆到我的桌前,他递来一个盛满食物的盘子,可他的眼睛没有停在我的盘子上,而是望向了别处。他这避免盯着我的盘子的动作,像刀一样割断了悬挂在我眼前的帷幕,使我意识到这是我平生第一次在无人监管的情况下吃饭,从前总有一双眼睛盯着我的盘子看我拿了多少食物。自我出生之后,那些眼睛就一直在那儿,它们睁得大大的,瞪着,毫不退让地紧跟着我盘里的每一口食物。

这么一张纸就能带来这么大的改变,这是可能的吗?我此前为什么从未意识到这一点?过去这些年我真的对此一无所知吗?不是的。我稍做回想就意识到,我很久之前就知道这件事了,从最开始,我一出生睁开眼睛看到我的父亲就知道了。我只看到他握着一个拳头,手指紧紧捏住掌心里的东西。他从不松开手指,即使打开,也总是藏着些什么,一些色彩明亮、圆形的东西,他总是用粗糙的手指轻轻抚摸，要不就让它落到光滑的石头上，发出叮的一声。

我仍然坐在阳光里。十镑钱还躺在我的包里，因为我还没有付账。我打开包，把它取出来。服务生怀着恭敬的谦逊在桌边朝我鞠了一躬，开始收盘子。他不让自己的眼睛落在我的包上，一直看着另一个方向，像是要避免看到这十镑钱。我见过这种眼神，这低垂的眼睑，以及对我的手投来的几乎难以察觉的一瞥。它让我想起我的丈夫马哈茂德族长，当他跪下祈祷时，他的眼睛半睁着，不时瞟一眼我的盘子；也叫我想起我的叔叔，他看似专注地一行行地读着书，手却从身后伸出来搜寻我的大腿。那个服务生还站在我身边，他那半闭着的眼皮垂向我的眼睛，暗中斜乜的样子如出一辙。我把十镑钱拿在手上，他用一只眼从角落里望着它，另一只眼则挪向一边，像是在回避女人身体上的禁区。一种惊奇的感觉攫住了我：难道我手里的这十镑钱同那渎圣的兴奋快感一样是非法的、犯忌的吗？

我几乎要开口问那个服务生："谁决定必须将十镑钱视为禁品？"但我嘴唇紧闭，因为实际上，我很多年前就知道答案了，从我第一次亮出一枚硬币父亲就打了我的手的那一刻起，我就知道了。随着时间的流逝，这一教训一次又一次地重复。我有回在市场弄丢了一皮阿斯特，两手空空地回家后，母亲揍了我一顿；我的叔叔倒有给我钱用的习惯，可他警告我一个字也不要跟我母亲提；我叔叔的妻子一听到我的脚步声，钱还没数完，就把皮阿斯特藏在她的内衣里；我的丈夫几乎每天都在数他的皮阿斯特，可是一看到我走过去，他就把钱收起来。

莎瑞法也是一个样，她数那些成镑的钞票，一听到我的声音，就迅速把钱堆到隐蔽的壁龛里。所以这些年以来，我只要看到别人在数钱，甚至从别人口袋里取出几枚硬币，都要把目光挪到一边。仿佛钱币是一种可耻的东西，它被造出来就是为了藏起来，仿佛它是有罪之物，对我是禁止的，却向其他人敞开，好像只有他们用起来才是合法的。我几乎就要开口问那个服务生是谁决定了这一切，是谁决定它对于谁是违禁的，对谁又是许可的，可我的嘴唇抿得更紧了，我吞下了所有的言辞。我把十镑钱递给他，当他伸出手把钱接过去时，他一直保持低头的姿势，眼神似乎游荡在远处。

*　*　*

自那天起,我不再低着头或是把目光移开。我穿过街道,把头高高扬起,眼睛直视前方。我望着人们的眼睛,要是我看见有人在数钱,我就盯着看,眼睛也不眨一下。这天,我继续走在街上。太阳照着我的后背,光芒从我身上流过。美食带来的暖意随着血管里的血液流遍我的身体。那十镑钱用剩的部分安全地待在我的口袋里。我踩在黑色的柏油碎石路上,每一步都很用力,带着一种新的欣喜,这种欣喜就好像来自一个刚刚拆碎玩具,发现其工作原理的小孩。

一个男人走向我,向我说着悄悄话。我直直地望着他的眼睛,说:"不。"另一个男人走向我,用一种遮掩的、几乎无法听见的声音咕哝着。我从头到脚仔细打量了他一番,说:"不。"

他问:"为什么不呢?"我回答:"因为男人有的是,跟谁走我要自己选。"

于是他又说:"好吧,那你为什么不选我呢?"

"因为你的指甲很脏,我喜欢干净的指甲。"

第三个男人靠近我,说出了那句暗语,那个已被我参透的谜底。我问他:

"你出多少钱?"

"十镑。"

"不,二十镑。"

"听你吩咐。"他当即把钱给了我。

* * *

在我的身体、我的自我真正属于自己,在我随心所欲地支配它们之前,我的生命流逝了多少岁月?在我从那些自我出生起就把我紧紧抓在手里的人那里夺回我的身体和自我之前,我的生命又失去了多少光阴?如今我能决定吃我想要吃的食物,住我爱住的房子,我也能拒绝那些不管出于什么原因令我反感的男人,选择那些我想要的男人,哪怕只是因为他很干净、剪过指甲。四分之一个世纪过去了,我已经二十五岁,终于第一次住上了一套属于自己的、可以俯瞰主街的干净公寓,我聘了个厨子为我做合意的饭菜，还请了一个人在我认为合适的时间，以我愿意接受的条件帮我安排约会。我的银行存款在不断增加。我现在有了可以休息、散步或上电影院、去剧院看戏的自由时间，也有时间读报、同密友谈论政治了，这几位朋友是我从一群围着我转、想要同我发展友谊的人里挑选出来的。

其中一位朋友叫迪亚，他是个记者或作家或诸如此类的人。比起其他朋友，我更中意他，因为他有文化，自我上学并学会阅读，尤其自我能自己买书之后的这段时期以来，我对文化兴趣颇浓。我的公寓里有一间很大的书房，我绝大部分空闲时间都是在这里度过的。书房的墙上挂了几幅不错的油画，正中间镶在昂贵画框里的则是我的中学毕业证书。我从未在书房里接待过别人，这是我为自己保留的特殊的空间。我在卧室里接待客人。迪亚第一次来我这里，我还没来得及掀开床上的绣花被子，他就说："等等，让我们聊会儿天吧。我更喜欢同人谈天。"

当他这样说时，我面朝床背对着他，看不到他的表情。不过我听见他的声音里有一种特别的声调，一种我从未在其他男人那里听见过的声调。

我转过身子,以便看见他的脸。我没有转身去看人脸的习惯。我总是不看男人,甚至都不会瞥一眼他的相貌,就把绣花被子掀开。我总是紧紧闭着眼睛,只有当那重物不再压我,从我身上起开之后我才睁眼。

我转过身,抬起头,直直盯着他的脸。我现在能看见他的样子了,和他的声音一样,那里面有一种我此前从未见过的气质。和他的身体比起来,他的头似乎太大了。和他的脸相比,他的眼睛又似乎太小。他的皮肤黝黑,眼睛却不是黑色的,不过在昏暗的灯光下我看不清那双眼睛的具体颜色。他的额头很宽,从高处一直下伸到小鼻子上。他剃光了鼻子下、嘴唇上的胡须,他的头发在那颗过大的脑袋上显得十分稀疏。

我站在那儿面对着他,却一言不发,他一定以为我没有听见他说的话,于是又重复道:

"我们聊会儿天吧。和其他事情比起来,我更爱谈天。"

"可是你还是得像其他人那样付钱。你和我待在一起的时间是有限的,每一分钟都得算钱。"

"你让我感觉自己身在诊所。你为什么不在候诊室里挂一个价目单?你是不是也有急诊病人啊?"

他的话里有讽刺的口气,可我不明白为什么,于是我问:"你是在讽刺我的工作,还是在讽刺医生呢?"

"都有。"他说。

"这两个职业有相似之处吗?"

"有啊,"他说,"只不过医生在履行他的职责时觉得他应该受到尊重。"

"那我呢?"我叫道。

"你不值得尊重。"他回答说,在"不值得尊重"这两个词[1]甚至还没传进我的耳朵之前,我就迅速举起手捂住我的耳朵,可是它们像匕首锋利的尖头一样刺入我的脑中。他紧闭嘴唇。一阵突如其来的深沉的寂静裹住整个房间,可是那些词仍在我的耳中回响,躲在耳道的最深处,把它们埋进我的脑中,像某种可被感知的物体,某种刀刃般锐利的躯体,一路穿过我的耳朵、头骨,进入里面的大脑。

---

1 原文为 not respectable。——编者注

我的双手仍然捂在耳朵上,把他的声音隔绝在外。我听不见他的声音了,当他讲话时,我看不见他嘴唇的蠕动,好像它们处于无形之中。那些言辞似乎涌自唇间,自动逃逸而出。当它们穿过他的嘴唇与我的耳朵之间的空间时,我几乎可以看见它们,就像轮廓分明的可触摸之物,很像零星的唾沫,仿佛他在唇缝里拿它们对准了我。

当他试着轻吻我的嘴唇时,他的话还在我的脑子里回响。我推开他,说:"既然我的工作不值得尊重,那么你为什么要和我一起做这事呢?"

他试图强行占有我,我拒绝了他的进一步行动,接着又跑到门后打开了门,他见状立即就出去了。

尽管迪亚离开了我的房子,他的话却整夜在我耳边回荡。它把这时已成为过去的那个瞬间切入我的脑中。可这世上没有任何力量能够把时间的指针往回拨动一刻。在那一刻之前,我的心灵平静、安宁、不为所动。我每天晚上都把头埋在枕头里,沉沉睡去,直到天亮。可现在,我的思想不分昼夜一刻不停地颤动着,像海岸的波浪一样涨落,翻滚,起沫,冒泡,一如沸腾的水。一个怒海的咆哮般的声音在我的耳朵和枕头之间循环往复。在这场风暴中，我再也分不清哪里是海水的冲击声，哪里是风的吹打声，因为一切都化成一连串的打击，它们一个连着一个，好似黑夜跟着白昼，仿佛我的心跟着我脑中的节奏连续跳动，而这节奏就像锤子敲击我的头，每一次击打都要响起这句短语："不值得尊重"，"不值得尊重"，一锤又一锤地敲出来，敲进我的骨头，又从骨头里被敲出来，敲到我的床上、地板上、餐室里、楼梯间、大街上、墙壁里。不管我去哪里，锤子都一下下地敲打在我的头上、脸上、身上和骨头上。不管我去哪里，那两个词都粘着我，像唾液一样冷冰冰又黏糊糊，这是回荡在耳中的侮辱的唾沫，是从傲慢的眼中射到我裸体上的唾沫，是我曾在不同地方听过的下流话的唾沫，是所有那些脱掉我的衣服、缓慢而粗俗地审视我的裸体时无耻的眼睛里的唾沫，是我宽衣时道貌岸然地掩盖其轻蔑、假装望向一边的礼貌的眼睛里的唾沫。

一句短语，一句小小的只有两个单词的短语，向我的全部生活射来一道刺目的光，迫使我看清生活的真实面目。我眼中的帷幕被撕碎了。我第一次睁开双眼，以全新的角度看待我的生活。我是一个不受尊重的女人。此前我从不知道这一点,对这一事实我一直处于无知之中。我曾经吃得好睡得香,那么有没有什么办法能把这个新的认识从我脑中连根拔除呢?毕竟,它只是一种锋利的刀刃划开脑袋一般的痛苦。事实上,它连刀子都不是,而仅仅是由两个单词组成的小小的短语,这小小的短语在我还没来得及捂住耳朵阻止它进来之前,便像箭一样射进我的脑袋。有没有什么东西能像取出子弹或切除脑瘤那样,把它从我脑海中根除呢?

* * *

那天夜里,我听见那个男人说出了两个单词,而这世上似乎再也没有什么东西能让我变回在这之前的那个女人了。从那一刻起,我变成了另一个女人。我此前的生活已经留在了身后。不管付出什么代价,也无论遭受怎样的折磨与苦难,哪怕会落到饥寒交迫、一贫如洗的地步,我也不愿再回到过去了。我无论如何也要成为一位受人尊敬的女性,即使付出生命的代价。我打算采取一切措施抵抗我的耳朵已经听惯的那些羞辱,阻止那些恬不知耻的眼睛扫遍我的全身。

我还有我的中学文凭、荣誉证书以及一颗决意要找份受人尊敬的工作的热切而坚定的心。我还有一双黑色的眼睛,直直地看着人们的脸,随时准备反击在我人生之路上向我投来的狡黠、睨视的目光。我只要看到广告,就会去应聘。我去了许多可能有空缺的科室、部门与公司办公室。最后,凭借这些努力,我终于在一家大型工业企业找到了一份工作。

现在我有了一间自己的小办公室,与总裁宽敞的房间仅一道小门相隔。门上挂着一盏红灯,旁边有铃。铃一响,我就要推门进去。他坐在桌子后面,五十岁上下,肥胖,秃顶,整天都在抽烟。他有几颗牙已经掉了,剩下的那些都被染黄了,带着黑色的补块。他从文件上抬起头,嘴里叼着根烟,对我说:"今天除了那些真正的高端人物,我谁也不见,明白了吗?"

我还没问他"真正的高端人物"指的是谁,他就再次把头埋进文件堆里,几乎消失在那片烟雾之中。

一天工作后,我拿起小包回家。我称之为家的地方不是住宅或公寓，而只是不带厕所的小小的一间房间。这是我从一位老妇人那里租来的，她每天早上天刚亮就起床祈祷，接着就敲我的门。我早上八点才上班，但经常五点就起来了，这样我才能有时间洗漱，我得带上我的毛巾，加入排在盥洗室前的男女混杂的队列。我微薄的工资不允许我住比这条件更好的房子，这栋房子坐落在一条狭窄的后街上，那里有一排排小商店，水管工和铁匠都在那儿做生意。我不得不绕过几条窄街，在主路上走上一段，才能走到公共汽车站。公交车到站后，站台上的所有人，无论男女，都拼命往车上挤。我也会加入这推搡、争抢的人群。一旦上车，就好似钻进了烤箱，那些挤在一起的身体仿佛融成了一个整体。

我工作的那栋办公楼有两道大门：一道供那些更重要的高级职员进出，不设守卫；另一道则是给次要的员工用的，由一位可以说是门卫的职工把守着。他总是坐在一张小桌子后面，面前摆着一大本登记簿，员工早上上班、夜里下班都要在这上面登记。我每次都要从长长的名单上找出我的名字并签到。那个门卫则在我的名字旁边写下我到达公司的具体时间，精确到分钟；一天工作结束离开时,他以同样的方式记下我离开的时间。

那些高级职员则来去自如。他们全都开着或大或小的车。当我被一大群人围着,单腿立在公交车上时,我常常瞥见他们坐在自己的小汽车里。一天,我追赶着公交车,正要找一个发力点往上跳时,他们中的一位看见了我。他用那种高层管理人员打量底层员工的方式看着我。那道目光像冰水落在我的头上,接着又滑到我的身上,血一下冲到我的头上,我打了个趔趄,突然停了下来。他把车开到我停住的地方,对我说:"我带你一程吧。"

我望着他,那双眼睛分明在说:"你这个正在追公交车的、不值一提的、可怜又悲惨的雇员啊,我愿意叫你上车,不过因为你的身体激起了我的情欲。像我这样受人尊敬的管理人员渴望得到你,是你的荣幸。以及谁知道呢,也许将来某一天,我能帮你升职,比其他人升得更快。"

我没出声,他以为我没听见,便又重复说:"我可以带你一程。"

我平静地回答:"我身体的价值远远高过加薪能带来

的钱。"

他惊奇地睁大眼睛。也许他在纳闷我怎么能如此轻易地读出他的心思。我看着他飞速地开走了。

* * *

在公司待了三年以后,我终于意识到,做妓女时我受到了更多的尊重,比包括我在内的所有女性雇员都要更受重视。那些日子,我住在带独立卫生间的房子里,随时都可以进去,锁上门,没人会催我。我的身体不用围困在公交车上的其他身体之中,它也不会成为男性生殖器的捕获物,它们在我前后挤压我的身体。过去我的身体价值不菲,涨点薪水、请吃晚饭或坐在车上沿尼罗河兜兜风,是买不起它的。它也不会被当成是为增加上司的好感或不让总裁动怒,而理应付出的成本。

整整三年,我一次也没有让哪个高层经理或高级职员碰过我。我不愿意以廉价羞辱自己的身体,尤其在习惯了不管我提供什么服务都能得到高额报酬之后。我甚至拒绝了共进午餐或去尼罗河边兜风的邀请。一天工作结束后，我情愿回家睡觉。我可怜那些每天夜里都毫无保留地献出自己的身体和体力的女孩子，她们这样做不过为了换回一顿饭、一份不错的年度工作总结报告，或仅仅为了确保不受到不公的对待、歧视和调动。每次不管哪个上司向我提出下流的要求，我都这样回他："不是我比其他女孩更在乎节操或名声，但我的要价比她们高得多。"

我渐渐意识到，女性雇员害怕丢掉工作甚于妓女害怕丢掉性命。女性雇员害怕丢掉工作，变成妓女，因为她不知道妓女其实比她们过得好。为这虚幻的恐惧，她付出了自己的生活、健康、身体和心灵。她为最不值钱的东西付出了最昂贵的代价。现在我知道了，我们全都是以不同的价格出卖自己的娼妓，而那些开价高的要好过那些贱卖的。我也明白了，如果我丢掉工作，我所失去的不过是一份少得可怜的薪水，每天都能看到的高级经理望向下级女性职员时的轻蔑，乘坐公交车时那些男性身体令人屈辱的挤压，以及每天早上在总是满得溢出来的厕所前面大排的长队。

我不是很热心于保住自己的工作，也许正是因为如此，公司的管理者似乎越来越想留住我。我从不做出什么特别的努力去奉承哪个高级职员。相反，他们却开始竞相争取我的好感。公司里有了这样的传闻，说我是一位值得尊敬的女士，一个受人敬重的行政人员，事实上，我是所有女性雇员里最值得尊敬、最受人敬重的一位。也有传闻说，没有一个男人成功挫败过我的骄傲，也没有哪个高级的管理者能叫我低头或是让我的眼睛垂向地面。

尽管如此，我还是喜欢我的工作。工作期间，我能见到我的女同事，我们可以聊天。我的办公室也比我住的房间强。办公室厕所外面也不用排队。办公楼底下还有一个小花园，上完班回家前我能进去坐坐。有时我会一直坐到天黑，不愿急着回到我那阴郁的房间、肮脏的后街和难闻的厕所。

* * *

一天，我坐在小花园里，一个同事看见了我。一开始，他被这黑乎乎的一团，这在黑暗中一动不动地蜷缩着的人影吓到了。他远远地喊出声来:"什么东西?谁坐在那儿?"

我用难过的嗓音回答说:"是我,菲尔道斯。"

走近些后,他认出了我,看到我一个人坐在那儿,他似乎显得很惊讶。我这个被认为是全公司最优秀的雇员,自然应该一下班就立即回家。

我说我累了,在这儿歇会儿。他便坐到我旁边。他叫易卜拉欣,矮个子,很结实,长着一头拳曲的黑发,还有一双黑眼睛。我看见那双眼睛在夜里望着我,并且感觉尽管天黑,它们仍然能看见我。我每次摆动脑袋,它们都跟着我,紧紧跟住,拒绝移开。甚至当我把眼睛藏在手掌后面,它们似乎也能穿进来看我。片刻后,他握住我的手,轻轻地将双手从我脸上挪开,说:

"菲尔道斯,别哭了,算我求你。"

"让我哭吧。"我说。

"可我从未见你哭过。发生什么事了?"

"没事……一点事也没有。"

"不可能,一定有事。"

"什么事也没发生。"我重复道。

他不无惊奇地说:"你平白无故地哭吗?"

"我不知道我为什么哭。我生活中没发生什么新鲜事。"

他静静坐在我身边。他的黑眼睛在夜色中徘徊,带着闪光的泪水一度涌了出来。他抿紧嘴唇,用力吞咽,眼中的闪光忽然消失了,接着又再次闪动,很快又转暗,像微小的火焰熄灭在夜里。他不住地压紧嘴唇,使劲吞咽,但最后我还是看见两滴泪从他的眼中溢出,落到两边的脸颊上。他一只手捂住脸,另一只手掏出手帕擤了擤鼻子。

"你在哭吗,易卜拉欣?"我问。

"没有,菲尔道斯。"

他藏起手帕,又努力地吞咽了一下,冲我微笑。

周围的庭院陷入深深的寂静。什么也听不见了,一切都静止,暂停,一动不动。头顶的天空密封在黑暗之中,没有一丝日月的光亮。我的脸转向他的脸,他的眼望着我的眼。我看见两轮纯粹的白环绕两圈强烈的黑,而它们正看着我,我也凝视着它们。白似乎变得更白,黑也变得更黑,流经其中的光来源未知而神秘,既非来自大地，也非天空，因为夜晚黑色的斗篷笼罩了大地，而天上没有可以照亮它们的日月。

我紧紧盯住他的眼睛。我抓住他的手，接触的感觉那么奇怪又突然。它令我颤抖，带着深沉而缥缈的愉悦，那感觉早过我能记起的年岁，深过我与生俱来的意识。我能在我存在的某处感受它的存在，它仿佛是伴随我出生而出生，却没有跟随我成长而成长的某个部分；又仿佛我生前便已知道却遭遗弃的某个东西。

那一刻，记忆回来了，我张开嘴，想用言辞表达出来，却发不出声音，像是我还没来得及想起就又被遗忘。我的心在摇摆，为其可怕的、几乎是狂乱的节奏所制伏，只因那刚刚失去或正要永远失去的感觉。我的手指紧抓住他的手，我是这样用力以至于这世上再也没有任何力量能将它从我这里夺走。

* * *

那夜之后，我们只要一见面，我就张开嘴唇，想要说点什么，可要说的话还没想起就已忘记。我的心带着恐惧或一种类似恐惧的情感在跳动。我想伸手握住他的手，可他进出公司都不会留意我的存在，即使看到了我，也和看其他女同事的眼神没什么区别。

在一次大型工人集会上，他发表了一个演讲，关于公正及管理者所享有的比工人更多的特权问题。我们热烈鼓掌，为了同他握手，在门前等了很久。轮到我时，我攥住他的手，他的眼睛望进我的眼睛，这样持续了好一阵。坐在办公桌前，我神情恍惚地把他的名字易卜拉欣写到木头桌面或我的手背上，而我一瞥见他穿过公司的庭院，就会站起来，像准备好了要同他会合似的。不过片刻之后我又重新坐下。我的朋友法斯亚见我起起坐坐，就走过来在我耳边悄声问：

"你怎么了，菲尔道斯？"

我在沉思中问道："易卜拉欣是不是忘了？"

"忘了什么？"她问。

"我不知道，法斯亚。"

"我可怜的姑娘，你活在梦境里啊。"

我试着告诉她发生了什么，可我不知道怎样向她描述，或者说我找不到可说的话，仿佛事情发生后我却想不起来究竟发生了什么,又好像一切根本就没有发生。

我闭上眼睛,试着回到那个场景。被两轮浓烈的白环绕着的两圈深沉的黑,渐渐显现在我眼前。等我直视一段时间后,它们就开始扩张,迅速变得越来越大,以至于在某个时刻,那黑变得广如大地,那白变成刺眼的白团,状似太阳圆盘。我的眼睛迷失在这黑与白之中,直到再也分不清哪里是黑,何处是白。眼前的景象越来越令人困惑。我分辨不清这些脸是我母亲还是父亲的,是维菲娅还是法斯亚的,是伊克巴尔还是易卜拉欣的。我惊恐地睁大双眼,像是面临着失明的危险。法斯亚那张脸的轮廓还在那里,从大地的黑色或太阳的亮白中显现出来。

"你爱易卜拉欣吗?"她问。

"没有的事。"

"那怎么你一听到他的名字就开始颤抖?"

"我吗?不可能!哪有这回事。你总是夸大其词,法斯亚。"

* * *

公司内部成立了一个革命委员会，易卜拉欣任主席。我加入了委员会，开始不分昼夜地为它工作，节假日也不例外，全是义务劳动。我不再忧心我的薪水，早晨在厕所前面排队也不再让我感到烦心，公交车上身体的挤压也不再让我感到耻辱。一天，易卜拉欣见我在追赶公交车，就停下他的小汽车，喊住我。我上车坐在他旁边，随后我听见他说："我很佩服你，菲尔道斯。如果公司的人都像你这样热情、充满活力、信念坚定，哪怕只有五个，我们也能无往不胜了。"

我没说话，拿小包顶着胸部，试着掩盖心脏的怦怦直跳，以便呼吸恢复正常。没一会儿，我意识到我的呼吸仍然急促。为了隐藏我的真实感受，我说出了一个听上去相当蹩脚的借口："追公交跑得上气不接下气，我还没缓过来。"

他一定知道这是掩饰，因为他只是微微一笑，不置一词。没过多久他问我："你想直接回家，还是我们找个地方坐下来聊聊天？"

这个问题令我大吃一惊，我的回答不假思索地脱口而出："我不想回家。"为了掩盖我的失言，我马上又补了一句："你工作了一整天，一定累了。你还是直接回家休息比较好。"

"也许跟你谈谈天对我更好。当然，前提是你不累，不想直接回家休息。"

我都不知道我在说什么："休息！我的生活里从来没有'休息'这个词。"

他那双有力而温暖的手握住我的手。我感觉我全身都在颤抖，甚至汗毛的根部都在抖动。

他轻声问："菲尔道斯，你还记得我们初次见面的情景吗？"

"记得。"

"从那天起，我就一直在想你。"

"我也是，一直在想你。"

"我试着隐藏我的情感，可再也藏不住了。"

"我也是。"

那天我们谈天说地。我讲了我的童年，过去发生在我身上的事；他也向我讲了他的童年，他未来的梦想。第二天我们又约在一起，这次聊得更坦率。我甚至跟他讲了那些我向自己隐藏、拒绝面对的事情。而他对我也很坦诚，毫无保留。第三天，他带我去他的小房子，我整夜都和他待在一起。我们久久交谈，轻言细语，无话可说时就给对方一个热烈的拥抱。

那种感觉好似整个世界尽在掌心，它好像变得越来越大，在扩张。太阳也比从前更亮了。我身边的一切，甚至包括早上厕所前的长队，都飘浮在明亮的光中。公交车上乘客的眼神也不再显得呆滞、猜疑，而是焕发出崭新的光和亮。我照镜子，看见我的眼睛闪亮如钻石。我的身体变得像羽毛，我能不知疲倦、毫无困意地工作一整天。

一天早上，办公室的一位同事盯着我的脸，接着惊奇地叫道："发生什么了，菲尔道斯？"

"怎么了？"我问。

"你的脸不一样了。"

"不一样，什么意思？"

"就像从里到外都在发光。"

"我恋爱了。"

"恋爱?"

"你知道爱上一个人是什么感觉吗?"我问。

"不知道。"她难过地说。

"可怜的姑娘呀。"我说。

"可怜的上当的女人啊,"她说,"你真的相信爱情这回事吗?"

"爱情让我变成了另外一个人,爱情让世界变得美丽。"

她的声音里带着深深的悲哀语气:"你活在幻觉里。你真的相信那些男人向我们这些身无分文的女人耳语的那些爱来爱去的话吗?"

"可他是一个革命者。他在为我们斗争,为所有那些被剥夺了体面生活的人而斗争。"

"你真是可怜。你认为他们在集会上说的那些话都是真的吗?"

"够了,"我气愤地说,"你给自己戴了副黑色的眼镜,却抱怨说看不到阳光。"

太阳照在我的脸上。当我看见他在惯常的时间穿过庭院时,我正凝视着周边的光热,带着惊奇享受着阳光。他的眼睛在阳光底下闪现出奇怪而崭新的光泽。对我而言,它们变了,好像变成了另一个男人的眼睛,让人感觉疏远。我跑向他,可他身边围着一群员工,有男有女,他们在同他握手,向他表示祝贺。他没有看见人群中的我。我听见那些话带着奇怪的回声,在我耳中响起:

"他昨天和总裁的女儿订婚了。这家伙很机灵,什么好事发生在他身上都不奇怪。他的前途光明得很,他在公司会爬得很快的。"

我举起手捂住耳朵,切断这些议论声。我离开围在他身边的欢乐人群,走出公司大门,但我没有回家。

我在街上兜圈。我的眼睛什么也看不见了,因为眼泪在不断涌出,不时短暂地干涸后又重新流淌。夜幕降临时,我已经彻底筋疲力尽。突然间,我的眼泪不再溢出,仿佛内部的机关已经关闭。我的脸和脖子很快就变干了,但胸前的上衣已经湿透。寒夜的空气渗入我的身体,我发着抖,把手臂绕在胸前取暖。我想起抱住我的他的手臂,就颤抖得更厉害了。我想哭,可泪水已经枯竭。我听见好像有个女人在抽噎,稍后才意识到那是我自己的声音。

那天晚上，我回到办公楼，走进我的办公室，整理文件，放进小包，再走向大门。早上得知那个消息后，我就没再见过易卜拉欣。在入口处我犹豫了片刻，缓缓地四下打量。我的眼睛徘徊在后院的小花园里，我走进去坐了下来。我一直在到处看。但凡听见远处传来一点声响，或是感觉到一些动静，我就竖起耳朵，竭力注视。在庭院的入口处，我看到一个人体大小的形影，就跳起脚。我的心狂野地跳动，血液在胸膛猛击，直冲脑门。看起来，那个人形正在走向我。我想要走过去迎他。我全身都在淌汗，头上和掌心里都感觉到湿。当我穿过庭院，一阵强烈的恐惧袭上心头。我喊得这样无力，以至于声音都无法传入我的耳中：

"易卜拉欣。"

仍是一片深深的寂静。我越发恐惧了，因为我真的在夜色中看见了那个像人形的东西。我又叫出声，这一回声音大得我自己能够听见：

"谁在那儿？"

就像一个说梦话的人被他自己的声音惊醒，我的喊声驱散了梦境。黑暗升起，露出一堵建在庭院入口处的墙。那是一堵矮墙，一人高，由光秃秃的砖块码成，没有抹水泥。尽管我之前见过它，但它似乎是那一刻才突然出现在我眼前的。

穿过大门之前，我再次环顾四周。我的眼睛扫过窗户、门框、墙壁，试图找到某个忽然打开的洞口，而他的眼睛能露出片刻，或是他能像从前那样向我挥手告别。我的眼睛不断地搜寻。每一刻都在丢失的全部希望，又在下一刻重新升起。我的眼睛恢复疯狂的搜寻，我的心忐忑忐忑地跳得更凶了。走到大街之前，我一动不动地站在黑暗中，停留最后的片刻。甚至当我走到街上后，我仍不停地回头，好像期望发生点什么，可是所有的门窗都和之前一样紧闭。

* * *

我从未经历过这样的苦痛，从未感受过比这深的痛苦。以前我出卖肉体时，痛苦也比这轻得多。那时的痛苦是想象中的，而非实际存在的。做妓女时，我不是我自己，我的情感并非来自自身，它们其实不是我的。没有什么能够真正伤害我，让我承受我正在承受的这种悲痛。我从未像这次这样感到如此耻辱。也许作为一名妓女，我见识了那样深刻的羞辱，以至于不再感到有什么是真正重要的。当你活在街头，你就不再期待任何东西，也不再抱有任何希望。可是我仍然渴望从爱情中得到点什么，有了爱情后，我开始想象我成为真正的人类了。当我做妓女时，我从不白给，总是要求回报。但在爱情中，我毫不吝惜地给出我的身体、灵魂、心灵以及所有我能给出的一切。我从不要求任何东西，我给出我所有的一切，完全抛弃自己，解除所有武器，放松所有防卫，赤身裸体。做妓女时，我则保护着自己，时刻准备反击，从不放松警惕。为了保护我更深、更内在的自我不受男人侵害，我只向他们提供一个外壳。我保存着我的内心和灵魂，而任由我的身体发挥那被动的、迟钝的、无情的作用。我学会了以消极来反抗，用什么也不奉献来保持自我完整，靠退进自我的世界去生活。换句话说，我是在告诉男人他可以拥有我的身体，一副死一般的身体，但他绝不可能叫我做出反应、颤抖或是感到快乐和疼痛。

我不做努力，不消耗精力，不给予情爱，不提供思想。因此我那时从不感到厌倦或疲惫。可是在爱情之中我付出了一切，我的才能，我的努力，我的感情，我最深的情感。我像圣人一样不计成本地给出了一切。我什么也不想要，一点也没想过，也许除了一件事：通过爱从这一切中得到拯救；重新找回自我，找回那个丢失的自我；成为一个不受到藐视，而是被尊重、被珍惜，感觉完整的人。

我所期望的是我注定无法实现的。不管我多么努力，做出怎样的牺牲，哪怕是像某些梦想家为了事业而做出的那种牺牲，我都依然是一个可怜的、微不足道的雇员。我的德行，正如所有穷人的德行一样，绝不会被当成是一种品质或资产，而只会被视为一种愚蠢或头脑简单，甚至比堕落或邪恶受到更多的鄙夷。

* * *

是时候舍弃我血液里最后的那一点道德和虔诚了。现在我终于明白了真实和真相，也知道了自己想要的是什么。再也没有幻想的空间了。一个成功的妓女胜过一个受人欺骗的圣徒。所有女人都是欺骗的受害者。男人强行欺骗女人，再惩罚她们的受骗；强迫她们坠入尘埃，再惩罚她们堕落得如此之低；用婚姻束缚她们，再用终生的仆役工作或是辱骂、抽打来责罚她们。

现在我意识到，妓女才是所有女性中最少受欺骗的。而婚姻是建立在对女性最残酷的折磨之上的制度。

* * *

这时已是午夜，街道静寂。令人心动的微风从尼罗河上轻轻吹来。我沿着河畔走，享受着夜晚的平和。我不再感到痛苦。周围的一切似乎都让我充满了平静。微风轻拂脸庞，空荡荡的街道，一排排关闭的门窗，那是一种被他人拒绝同时也能拒绝他人的感觉，远离一切，甚至远离大地、天空和树木。我就像一个走过不属于她的迷人世界的女人。想做什么，不做什么，她都是自由的。她体验着这种罕见的快乐：与所有人都没有关系，与万物分离，断绝了与周遭世界的一切联结，完全独立,一个人全然独立地活着,享受着从对男人、婚姻或爱情的屈从中解脱出来的自由;脱离了所有根植于时间或宇宙的规则和法律的限制。如果第一个走过来的男人不想要她,她就找下一个,或下下一个。再没必要只为一人等待。如果他没出现,也无须悲伤。不期望任何事情,这样希望破灭之际,也就不用遭罪。她不再希望,不再欲求。她无所畏惧,因为能够伤害她的一切都已经消失了。

* * *

我张开双臂拥抱黑夜,开始哼唱一首之前听过的依稀记得的歌:

我不抱希望
我一无所求
我无所畏惧
我多么自由。

一辆豪华的、有长引擎盖的小汽车停在我的前面。当那个男人从车窗里探出头时,我笑了。在那张柔软而奢华的床上,我从一边翻到另一边,毫不费力,也感觉不到快乐或痛苦。当我在床上翻身时,一个想法闪过我的脑海:那些有原则的革命者同其他人并没有什么真正的不同,作为其原则的回报,他们用聪明得到了别人用钱买的东西。革命于他们正如性于我们,不过是滥用和售卖之物罢了。

* * *

易卜拉欣结婚四年后,我偶然遇见了他。他想要到我的公寓里去,我还没有忘记我对他的爱,便拒绝了他。我不会让他嫖的。可是几年后,在他的坚持下,我妥协了,同意他来我的住处。他要离开时,看上去没有任何要付钱的意思。

于是我说:"你忘了给钱。"

他用颤抖的手指从钱包里掏出十镑钱。

"我的标价从不低于二十镑,"我解释说,接着又补充道,"有时比这还高。"

当他从钱包里掏出另一张十镑时,他的手指又抖了起来。我意识到,他从未爱过我,之前夜夜来我家,不过因为不用付嫖资。

* * *

我开始意识到一个事实:我恨男人,只不过多年以来我都小心翼翼地藏起了这个秘密。我最恨的就是那些尝试给我建议,或告诉我想要把我从当下的生活中拯救出来的男人。比起其他人,我更讨厌这些家伙,因为他们总是自以为比我更善良,能帮我改变生活。他们自视为某种有骑士风度的角色,而这个角色他们在其他地方是扮演不下去的。他们想要通过提醒我"我是低贱的"这一事实,来使自己感受高尚与崇高,他们自言自语道:"瞧我多么出色呀。在一切太晚之前,我尝试把她,把这个荡妇从烂泥中扶起来。"

我拒绝给他们做骑士的机会。当我嫁给一个每天对我连打带踢的男人时,他们谁也没有去救我。当我的心因为敢于去爱而破碎时，他们谁也没有来帮我。女人的生活总是悲惨的。然而，一名妓女的生活要好过一点。我能向自己证明，我是靠自由意志选择了这样的生活。我拒绝那些想要拯救我的高尚企图，而坚持做一个妓女，这一事实向我证明，这是我的选择，我是有一些自由的，至少拥有过得比其他女性稍好一点的自由。

* * *

妓女总是说"是"，接着就报出自己的价位。如果她说"不"，那她就不再是妓女。我并不是一个完全意义上的妓女，所以我时不时就要说"不"。结果我的价位却不断抬高。男人无法忍受被女人拒绝，因为在内心深处，他会感觉受到了他自己的排斥。没人能忍受这种双重拒绝。所以我每次说"不"，我对面的男人都会表示坚持。不管我把价格抬得多高，他都会同意，因为他无法忍受来自女人的拒绝。

我成了名妓。我的开价最高，甚至那些有头有脸的人也在争夺我的宠爱。有天，一位外国的显要听说了我，便做出安排,想在不引起我注意的前提下看我几眼。他立即派人来找我,但我拒绝了。我知道成功的政治家是无法在他人面前承受失败的,很可能因为他们内心总是背负着挫败感。一个人是无法忍受这种双重打击的。这就是他们不断尝试掌权的秘密。他们从自己对他人表现出的权力中获得一种至高无上的感觉。这让他们尝到凯旋而非溃败的滋味,也隐藏了他们内心实际的空虚,不管他们怎样试图向周围散播伟大的印象,他们唯一真正关心的就是这种获胜的感觉。

我的拒绝使他更急切地想要征服我。他每天都从警局派一个人来找我,并尝试不同的试探方式,可我不停地拒绝他。有一次他给我带来了钱,另一次他威胁要把我关进监狱,还有一次他跟我解释说,拒绝一位国家首长可被视为对这位伟人的羞辱,并由此引发两国之间紧张的外交局势。他补充说,如果我真的热爱自己的国家,如果我是一个爱国者,我就应该立即去他那里。我让警察带话说,我对爱国主义一无所知,我的国家不仅没有给我任何东西,还夺走了我本该拥有的一切,包括我的名誉和尊严。我惊奇地看到,这个从警局过来的人,他道德上的自豪似乎遭受了极大的挫败。怎么会有人没有爱国心呢？他的荒谬立场、他体现出的矛盾、他的双重道德标准都令我想要大笑。像随便哪个皮条客会做的那样，他想把一个妓女带到这位显要的床上，却用威严的口气谈论着爱国主义和道德原则。我知道这个听差的只是在执行命令，而他执行的任何命令都上升到了神圣的国家职责的层面。送我进监狱还是带我去一个重要人物的床上，对他而言都是一回事。不管哪种，他都是在履行神圣的国家职责。就国家职责而言，妓女也能获得最高荣誉，而谋杀也能成为英雄的壮举。

我拒绝为这类人服务。我的身体是自己的财产，国家的土地是他们的财产，两不相干。有一回因为我拒绝了这样一位重要人物，他们把我关进了监狱。于是我花了很大一笔钱，请了一位知名的大律师。很快，我被无罪释放。法院认定我是一位可敬的女人。现在我明白了，一个人的荣誉是需要用大笔金钱去维护的，但是如果你不失去荣誉，你就没法得到这么多钱。一个地狱般的循环，一圈又一圈地旋转，拽着我忽上忽下。

* * *

然而，我从未怀疑过自己身为女性的正直与荣誉。我知道我的职业是男人发明的，不管在人间还是在天堂，男人都控制着我们的世界。男人强迫女人以一定价格出卖自己的身体，最贱卖的就是那些为人妻的。所有女性都是妓女，只是类型不同。出于我的明智，我更愿意做自由的妓女，而不愿成为被奴役的妻子。我每回交付自己的身体，都会要一个最高价。我可以雇许多仆人来帮我洗衣擦鞋，不管多贵的律师我都能请来维护我的荣誉，我可以给医生塞钱帮我堕胎，收买记者在报纸上登我的照片，帮我写些东西做宣传。人人都有身价，行行都有薪水。职业越受尊重，薪水就越高，随着一个人在社会阶梯上越爬越高，他的身价也会不断上升。一天，我向一家慈善机构捐赠了一些钱，报纸就登了我的照片，歌颂我是有公民责任感的模范市民。从那时起，每当需要一点荣誉或名声，我就从银行里取些钱出来。

*　*　*

不过男人的鼻子有一种可怕的嗅到金钱的能力。一天，一个男人跑过来请我嫁给他，我拒绝了他。毕竟我丈夫的鞋印还留在我的身上。后来又有一个人来我这里寻找爱情，我也拒绝了他。在我内心深处，仍然残留着旧伤。

我本以为我已经逃脱了男人，可这回来的男人，干的是众所周知的男性专属行当：皮条客。我本以为我可以像收买警察那样给他一大笔钱，可他不要这笔钱，却坚持要从我的收入里提成。他说：

"每一个妓女都有一个皮条客，他能保护她不受其他皮条客和警察的骚扰，这就是我要为你做的事。"

"可我能自卫。"我说。

"这世上没有哪个女人自卫。"

"我不想要你的保护。"

"你不能不要，都像你这样，这个由丈夫和皮条客操持的行当不就消亡了。"

"我不怕你的威胁。"

"我可没有威胁你,我只是跟你提点小建议。"

"要是我不愿接受你的建议呢?"

"那我就不得不威胁了。"

"你打算怎么威胁我呢?"

"我做这事有自己的一套方法,干哪行都得有一套自己的工具不是。"

我去了警局,却发现他在那儿有比我更好的人脉。我决定诉诸法律,却发现法律倾向于惩罚我这样的女人,而对男人的所作所为视而不见。

而这个男人,这个名叫马尔祖克的皮条客,一面远远地看着我徒劳地挣扎却逃不开他的手掌心,一面哈哈大笑。一天,他尾随我要进入我的房子,我试着把门甩到他的脸上,他却掏出了一把刀威胁我,想要强行进来。

"你到底想从我这里得到什么?"我问。

"我想保护你不受其他男人侵害。"他回答。

"可只有你正在侵害我。"

"就算不是我,也会有其他人的。到处都是拉皮条的。你要是想让我娶你,我也很乐意效劳。"

"我看不出你有娶我的必要。你从我这里分成就够了，至少我的身体是自己的。"

他像一个成功的商人那样继续说："我是个生意人，我的资本就是女人的身体，我不会把工作和爱情混在一起的。"

"你也知道什么是爱情吗？"

"难道有人不知道？莫非你从未恋爱过？"

"我爱过。"

"现在呢？"

"结束了，一无所剩。你呢？"

"我还没结束。"

"可怜啊，你该有多惨。"

"我想要走出来，却失败了。"

"是男人还是女人？拉皮条的总是更喜欢男人。"

"不，是个女人。"

"你们还在交往吗？"

"我给了她一切，我的钱，我的心，我的身体，我的存在，我的活力。我付出了一切，可我还是感觉无法满足她，最后她爱上了别人。"

"你真可怜。"

"说到爱情,每个人都是一样的,"他直直地望着我的眼睛,说,"你活在幻觉中。我能从你的眼睛里看出爱情是怎样熄灭了它那曾经闪亮的神采。"

"爱情会让眼睛发光,不会扼杀它的光彩。"

"你这个可怜的丫头,你从未真正懂得身在爱中是什么滋味。我来教教你吧。"

他试着把我拉过去,我推开他,说:

"我不把工作和爱情混在一起。"

"谁说这是爱情。这只是工作的一部分。"

"不可能。"

"我的词典里根本就没有'不可能'这个词。"

他抱住我,又是这重物压在胸上的熟悉的感觉,可我的身体退让了,它自顾自地远离了我,像是某种被动的、无生命的物体,拒绝投降,未被击败。身体的消极是一种抵抗方式,一种感觉不到快乐和痛苦的奇怪能力,它能让我全身的毛发一动不动。

* * *

　　于是他开始从我这里抽成，事实上，我挣的钱被他没收了一大半。不过每次他试图靠近我，我都会把他推开，重复道："不可能，别试了，没用的。"

　　接着他就揍我，而每次打我，他都会说同一句话："'不可能'这个词对我而言是不存在的。"

　　我发现他是一个危险的皮条客，手下有一大堆妓女，我只是其中一个。他到处都有朋友，遍布各行各业，对这些朋友，他总是出手大方。他有一个医生朋友，要是他手下的妓女怀孕了需要堕胎，就可以求助他；他有一个警察朋友，帮他免受搜查；他有一个法院里的朋友，凭借其法律知识和地位，使他远离麻烦，并释放他手下进了监狱的妓女，这样就不会耽误她挣钱。

　　我意识到自己根本就不像我想象中的那样自由。我只是一台日夜运转的肉体机器，好让一大帮不同行业的人靠我挣的钱变得极其富有。我甚至都不再是这所用我自己的努力和汗水换来的房子的女主人了。一天我对自己说:"我不能再这样过下去了。"

我把我的证件收进小包,准备离开,可他忽然出现在我的面前。

"你要去哪儿?"他问。

"我要去找工作。我还有我的中学文凭。"

"谁说你现在没工作吗?"

"我要找一份我想找的工作。"

"谁说在这大千世界里人人都能找一份自己想干的工作?"

"我不想成为别人的奴隶。"

"又是谁说有人不是别人的奴隶啊?这世上只有两种人,菲尔道斯,不是主人就是奴隶。"

"如果是这样的话,我想成为主人中的一个,而不是奴隶的一分子。"

"你怎么可能成为主人呢?没有哪个女人能成为主人,更何况妓女。难道你没意识到你在寻求不可能之物吗?"

"'不可能'这个词对我而言不存在。"我说。

我试着溜出去,可他把我拉进屋,关上了门。我望着他的眼睛说:"我想要离开。"

我继续直视着他,一眨不眨。我知道我恨他,是只有女人对男人、奴隶对主人才有的那种恨。我从他的眼神中看出他怕我,是那种主人对奴隶、男人对女人才有的恐惧。但它只持续一秒钟,接着便恢复主人的傲慢表情,无所畏惧的雄性的侵略神态。我抓住门闩想把门打开,但他举起手扇了我一巴掌。我把手举得更高,照着他的脸狠狠地拍下去,打得他的眼白都变红了。他的手开始在口袋里摸索他的刀,可我动作比他更快,我举起刀,深深插进他的脖子,抽出来,再刺进他的胸膛。我几乎把刀插进了他身体的每一个部位。当我把刀戳进他的肉里时,我惊奇地发现这事竟如此轻易,拔出来也不费力。我以前从未这样做过,这一事实令我更加惊讶。一个问题闪过我的脑海:我为什么从未捅过人?我意识到那是因为我害怕,那种恐惧一直深埋在我心中,直到我从他的眼中认出了恐惧的那一瞬间。

* * *

我打开门,走下楼梯,来到街上。我的身体轻如羽毛,仿佛它的重量全都来自多年来累积下来的恐惧。夜晚寂静,黑暗让我充满惊奇,仿佛光只是一个又一个的幻觉,面纱一般落在我眼前。尼罗河上有一种近乎神奇之物,那就是新鲜的、振奋人心的空气。我走在街上,高高抬起头,带着摧毁了所有面具并揭开其隐藏之物的那种骄傲。我的脚步以其踩在人行道上的平稳节奏,打破了寂静。我既没有像要在恐惧中尽快逃离那样走得太快,也没有走得太慢。这是一个女人的脚步声,她相信自己,知道自己要去哪儿,能够看见自己的目标。这是一个女人的脚步声,她穿着昂贵的、带结实高跟的皮靴,她的脚由此呈现出女人的曲线,这曲线升至那双饱满圆润的腿,腿上的皮肤光滑、紧致,一根汗毛也没有。

没人能轻易认出我的真实身份。我看上去和那些受人尊敬的上流社会的女子没有什么不同。我的发型是一个只为富人服务的发型师设计的。我的口红涂的是自然色,这是正派女人偏爱的色调,因为它既不会完全掩盖也不会彻底暴露她们的性欲。我的眼线堪称完美，暗示着诱人的吸引力，或挑逗的羞赧。我看上去就像那些身居要职的高层政府官员的妻子。不过这回荡在人行道上的坚定的、自信的脚步声，证明我不是任何人的妻子。

我穿过那群在警署工作的男人，他们谁也没有认出我是谁。也许他们以为我是一个公主，一个王后，一个女神。毕竟除此之外，谁走路会把头抬得这样高？谁的脚步会踩得这样响？当我经过他们身边，他们望着我，而我一路高昂着头，像是在挑战他们猥亵的眼神。我像冰块一样平静地前行，我的脚步声坚定，毫不踌躇。因为我知道他们站在那儿，是在等着我这样的女人发抖，这样他们就能像扑向被诱捕的小鸟一样扑到我们身上。

在街道的拐角处，我看到一辆豪车，司机的头从车窗里伸出来，上面的舌头几乎也要吐出来。他打开车门，说："跟我走吧。"

我后退一步，说："不。"

"你要什么我都给你。"

"不。"我重复道。

"相信我，你想要多少，我都会付给你。"

"你付不起的,我的价钱很高。"

"多高我都付得起,我是一个阿拉伯王子。"

"我也是一个公主。"

"那我付一千镑。"

"不要。"

"好吧,两千。"

我凝视他的眼睛,不难发现他的确是一个王子,或来自统治阶层,因为他的眼睛深处暗藏着恐惧。

"三千。"我说。

"我同意。"

在那张柔软而奢华的床上,我闭上眼睛,任由我的身体悄悄离我而去。这副身体仍然年轻,充满朝气,它强大到足以选择后退,有力得足以进行抵抗。他的身体压在我的胸上,我承受着他漫长的生活积累下的体重,身上淌着他的臭汗。多年来远超所需、贪得无厌的进食,长成了这身肥肉。他每动一下,都要重复那个愚蠢的问题:"你有快感吗?"

我闭上眼睛,说:"有。"

每回他都高兴得像个快活的智力障碍者,接着又气喘吁吁地重复那个问题，每次我都回答说："有。"

越往后，他就越冒傻气，因为我一再表示自己有快感，他就越发确信我说的是真话。我每次说"有"，他都像白痴一样冲我笑，紧接着他的身体就整个压到我身上，感觉比之前更沉。我再也受不了了，在他又要重复那个愚蠢的问题之际，我愤怒地吼道："没有！"

当他给我付钱时，我对他的狂怒仍未消退。于是我一把夺过他手中的钞票，带着被压抑的愤怒将它们撕成碎片。

我指间钞票的触感，同我当初握住第一枚一皮阿斯特硬币的感觉是一样的。在我把钞票撕成碎片的过程中，我的手指也扯下了挡在我眼前的、最后残留的一道帷幕，并由此揭开了自始至终困惑着我的全部谜团，我生命中真正的谜团。我重新发现了在我的父亲递给我第一枚一皮阿斯特硬币之前我就已经发现了的真相。我的思绪回到我手中的钱上，并以加倍的愤怒将剩下的钞票撕成碎片。仿佛我在撕毁我曾有过的全部金钱：我父亲的皮阿斯特，我叔叔的皮阿斯特，我曾知道的所有的皮阿斯特。同时我也在摧毁我认识的全部男人，他们一个接一个排成了排：我的叔叔，我的丈夫，我的父亲，马尔祖克，巴尤米，迪亚，易卜拉欣……我把他们一个接一个地撕成碎片，永永远远地摆脱他们，去除他们的皮阿斯特留在我手指上的每一处痕迹，扯掉我手指上的肉只留下骨头，以确保这些男人不在我身上留下哪怕一丝印记。

见我撕碎了这一沓钞票，他惊讶地睁大了双眼。我听见他说："你的确是一位公主。我一开始怎么会不信你呢？"

"我不是公主。"我气愤地说。

"一开始我还以为你是妓女。"

"我不是妓女。可是从我很小的时候开始，我的父亲，我的叔叔，我的丈夫，他们全都教我像妓女那样长大。"

王子看着我笑了，他说："你没说实话，从你脸上我能看出你是国王的女儿。"

"我的父亲同国王没有什么不同，除了一件事。"

"什么事。"

"他没有教我杀人。他弃我而去，留我到生活中自己去学。"

"生活教会你杀人了吗？"

"当然了。"

"你杀过人吗？"

"是的，我杀过。"

他盯住我，片刻后他笑了，说："我不相信你这样的人会杀人。"

"为什么不会？"

"因为你太温柔了。"

"谁说杀人就不需要温柔呢？"

他再次望着我的眼睛，大笑，接着又说："我不相信你有能力杀人，你连一只蚊子都拍不死。"

"我也许拍不死一只蚊子，但我能杀一个男人。"

他再次盯着我，这次的凝视转瞬即逝，他说："我就是不信。"

"我怎么才能说服你相信我说的是真话呢？"

"我真的不知道你怎么能做成这事。"

于是我高高举起手，狠狠甩到他的脸上。

"现在你相信我会扇你了吧。往你脖子上插一把刀和这一样简单，需要的是完全一样的动作。"

这一回,他看我的眼神终于充满了恐惧。

我说:"这下你该相信我完全有能力杀你了吧,因为你连一只虫子都不如,你所做的不过是把你从那些挨饿的人民那里搜刮来的成百上千的钱花在妓女身上。"

我还没来得及再次高高举起手,他就像一个遇到麻烦的女人一样惊恐地尖叫。直到警察出现之前,他都没有停止尖叫。

他对警察说:"可别让她跑了。她是一个罪犯,一个杀人凶手。"

他们问我:"他说的是真的吗?"

"我是一个杀手,但我没犯罪。和你们一样,我只杀罪犯。"

"可他是一个王子,一个英雄。他不是罪犯。"

"对我来说,国王和王子的所谓伟业同罪犯干的事差不多,我看待事情的方式同你们不一样。"

"你真是罪犯,"他们说,"你的母亲肯定也是罪犯。"

"我的母亲不是罪犯。没有女人能够成为罪犯。犯罪的必定是男人。"

"瞧瞧,你说的都是些什么话?"

"我说你们都是罪犯,你们所有人:所有的父亲,所有的叔叔,所有的丈夫,所有的皮条客,所有的律师,所有的医生,所有的记者,各行各业所有的男人。"

他们说:"你是个凶猛而危险的女人。"

"我说的是真理,真理都是凶猛而危险的。"

* * *

他们给我铐上一副钢手铐,带我去了监狱。他们把我关进一间门窗紧闭的牢房。我知道他们为什么这样怕我,因为我是唯一一个撕掉他们的面具,露出他们那丑陋而真实的脸的人。他们判我死刑,不是因为我杀了一个人,毕竟每天都有数以千计的人被杀,而是因为他们害怕让我活着。他们知道只要我活着,他们就不安全,我会杀了他们。我的生命意味着他们的死亡,我的死亡则意味着他们的生命。他们想要活下去。而他们的生命意味着更多的犯罪,更多的掠夺,不计其数的赃物。我已将生死置之度外,因我不再渴望活下去,也不再害怕死去。我一无所求。我不抱希望。我无所畏惧。因此我是自由的。在我们的生命中，是需求、希望和恐惧在奴役我们。我所享有的自由令他们感到气愤。他们想要发现我最终还是有所求，有所惧，有所希望的，这样他们就能再次奴役我。不久前，他们中的一个跑过来对我说：

"如果你向总统请愿，请求他宽恕你犯下的罪，你还是有希望被释放的。"

"可我不想被释放，"我说，"我也不想让我的罪得到宽恕，因为你所谓的罪在我看来根本不是罪。"

"你杀人了。"

"如果我出去，再次回到属于你们的生活中，我绝不会停止杀戮。所以我向总统请愿，请求宽恕有什么用？"

"你这个凶手，你该死。"

"人皆有一死。我更愿意为我所犯下的罪而死，而不愿死于你们犯下的诸多罪行中的任何一件。"

* * *

现在我在等他们来。要不了多久，他们就会来把我带走。明天早上，我将不在这里，我会去一个无人知晓的地方。这趟通向未知终点的旅程，通向所有人，不管国王、王子还是统治者都不知道的地方的旅程，让我感到骄傲。我这一生都在寻找令我感到骄傲的东西，寻找令我能高高扬起头，扬得比其他所有人，尤其比国王、王子和统治者的头更高的东西。每次拿起一张报纸，看到上面印着他们中的一个，我就会吐口水。我知道我只是吐在了一张报纸上，而我需要拿这张报纸垫在厨房搁板上，可我还是照吐不误，并且把它留在那里让它自干。谁要是见我往照片上吐痰，也许以为我和那个人有私交，实际上我并不认识他。毕竟，我只是一个独身的女人。而一个女人，无论她是谁，都不可能知道所有这些登在报上的男人。是的，不管她是谁。我只是一个成功的妓女，一个妓女再成功，也不可能认识所有男人。不过，面对每一个我曾认识的男人，我总是压抑着这样一股强烈的冲动：抬起手高过头，再往下甩到他的脸上。然而，出于害怕，我以前从没能举起手来。恐惧使我将这一动作视为难以实现的举止。我不知道如何摆脱这种恐惧，直到我第一次举起手的那个瞬间。我的手举起又落下的那个动作消除了我的恐惧。我意识到这是一个很容易做的动作，比我从前想象中的容易得多。现在我的手再不能在半空中高高举起,狠狠打在他们的脸上了。我手的动作已经变得十分放松,不管我手上拿着什么,哪怕是一把插入他人胸膛再抽出来的锋利的匕首,我也能使得从容不迫。刺进去再抽出来,如同把空气吸进肺里再吐出来一样自然、轻松。我现在毫无障碍地说出了真理,因为真理总是又容易又简单。而在这种简易中蕴含着凶猛的力量。经过多年搏斗,我才抵达这凶猛而原始的生活真理。因为极少有人能在短短几年时间内,抵达这简单却又可怕而有力的生活真理。得到这一真理的人,再也不会畏惧死亡。因为死亡与真理是相似的,它们都需要你鼓起很大的勇气才能去面对。真理就像死亡,因为它也杀人。当我杀人时,我用的是真理而不是刀子。这就是为什么他们感到害怕并急于要处决我的原因。他们不怕我的刀子,怕的是我的真理。这一骇人的真理给了我极大的勇气。它使我不再恐惧死亡、生命、饥饿、赤裸或毁灭。正是这一可怖的真理使我不再害怕统治者和警察的残酷。

我满不在乎地吐着口水,吐在他们说谎的脸和话语上,吐在他们说谎的报纸上。

3

菲尔道斯忽然陷入沉默,她的声音仿佛来自梦中。我像梦中人一样动了下身子。我身下不是床,而是某种像大地一样坚硬而冰冷的东西,但这种寒意进入不了我的身体。那是梦中海洋的寒气,而我游在海水中。我光着身子,不会游泳,可我既感觉不到冷,也没有被海水淹没。她的声音现在停止了,回声却仍停留在我的耳中,听起来像那种虚弱而遥远的声音,像一个人在梦中听见的声音。它们像是来自远方却又近在咫尺,看似很近却又远在天边。事实上,我们不知道它们来自何处,是上还是下,左还是右。我们甚至以为它们来自地底深处,是从屋顶或天上落下来的,又或者它们流自四面八方,像飘在空中的空气抵达我们的耳朵。可它们不是流进我耳中的空气。坐在地上面对着我的女人是真实存在的。以其声响填满我的耳朵,在这门窗紧闭的牢房里回荡的声音，是真实存在的。而我当然是清醒的。因为忽然，牢门被撞开，现出几个持枪的警察。他们站在她身边，围成一个圈，我听见其中一人说：

"走吧……你的时间到了。"

我看着她跟着他们走了出去。此后，我再也没有见过她。可是，她的声音继续回荡在我耳中，回响在我的脑海中，在牢房里，在监狱里，在街上，在整个世界，它使万物发抖，不管去到哪里，都散播着恐惧，对能杀人的真理的恐惧，这真理的力量如同死亡一样凶猛、简单、可怕，却又像一个还没学会撒谎的孩子一样单纯而轻柔。

正因为这世界充满了谎言，她才不得不付出代价。

我走进我的小汽车，眼睛垂向地面，内心感到羞耻。我为我自己，为我的生活、我的恐惧和我的谎言而羞耻。街上挤满了熙熙攘攘的人群，木头货摊上挂着报纸，上面的头条新闻在喊叫。无论我去哪里，每走一步，我都能看到谎言，跟上忙碌的虚伪。我猛地踩下油门，像是着急跑过眼前的世界，将这一切全都碾碎。但是下一刻，我迅速抬起脚，用力刹车，车便停了下来。

那一刻，我意识到，菲尔道斯比我更有勇气。